国际大奖小说
升级版
SHENG JI BAN

梦幻飞翔岛

Die Reise zu den fliegenden Inseln

[奥] 海因茨·雅尼施/著

王泰智 沈惠珠/译

天津出版传媒集团

新蕾出版社

图书在版编目（CIP）数据

梦幻飞翔岛／（奥）雅尼施著；王泰智，沈惠珠译.
—天津：新蕾出版社，2011.1（2023.6重印）
（国际大奖小说·升级版）
ISBN 978-7-5307-4997-5

Ⅰ.①梦…
Ⅱ.①雅…②王…③沈…
Ⅲ.①儿童文学–长篇小说–奥地利–现代
Ⅳ.①I521.84

中国版本图书馆CIP数据核字(2010)第232804号
Copyright ⓒ 2001 by verlag jungbrunnen wien München
津图登字:02-2007-120

出版发行:新蕾出版社
http://www.newbuds.com.cn
地　　址:天津市和平西康路35号(300051)
出 版 人:马玉秀
电　　话:总编办(022)23332422
　　　　　发行部(022)23332351　23332679
传　　真:(022)23332422
经　　销:全国新华书店
印　　刷:天津新华印务有限公司
开　　本:880mm×1230mm　1/32
字　　数:100千字
印　　张:6
印　　数:161 001—166 000
版　　次:2011年1月第1版　2023年6月第25次印刷
定　　价:26.00元

著作权所有，请勿擅用本书制作各类出版物，违者必究。
如发现印、装质量问题，影响阅读，请与本社发行部联系调换。
地址:天津市和平西康路35号
电话:(022)23332677　邮编:300051

前言

一辈子的书

梅子涵

亲近文学

一个希望优秀的人,是应该亲近文学的。亲近文学的方式当然就是阅读。阅读那些经典和杰作,在故事和语言间得到和世俗不一样的气息,优雅的心情和感觉在这同时也就滋生出来;还有很多的智慧和见解,是你在受教育的课堂上和别的书里难以如此生动和有趣地看见的。慢慢地,慢慢地,这阅读就使你有了格调,有了不平庸的眼睛。其实谁不知道,十有八九你是不可能成为一个文学家的,而是当了电脑工程师、建筑设计师……可是亲近文学怎么就是为了要成为文学家,成为一个写小说的人呢?文学是抚摸所有人的灵魂的,如果真有一种叫作"灵魂"的东西的话。文学是这样的一盏灯,只要你亲近过它,那么不管你是在怎样的境遇里,每天从事怎样的职业和怎样地操持,是设计房子还是打制家具,它都会无声无息地照亮你,使你可能为一个城市、一个家庭的房间又添置了经典,添置了可以供世代的人去欣赏和享受的美,而不是才过了几年,人们已经在说,哎哟,好难看哟!

谁会不想要这样的一盏灯呢?

阅读优秀

文学是很丰富的,各种各样。但是它又的确分成优秀和平庸。我们哪怕可以活上三百岁,有很充裕的时间,还是有理由只阅读优秀的,而拒绝平庸的。所以一代一代年长的人总是劝说年轻的人:"阅读经典!"这是他们的前人告诉他们的,他们也有了深切的体会,所以再来告诉他们的后代。

这是人类的生命关怀。

美国诗人惠特曼有一首诗:《有一个孩子向前走去》。诗里说:

> 有一个孩子每天向前走去,
> 他看见最初的东西,他就变成那东西,
> 那东西就变成了他的一部分……

如果是早开的紫丁香,那么它会变成这个孩子的一部分；如果是杂乱的野草，那么它也会变成这个孩子的一部分。

　　我们都想看见一个孩子一步步地走进经典里去，走进优秀。

　　优秀和经典的书，不是只有那些很久年代以前的才是，只是安徒生，只是托尔斯泰，只是鲁迅；当代也有不少。只不过是我们不知道，所以没有告诉你；你的父母不知道，所以没有告诉你；你的老师可能也不知道，所以也没有告诉你。我们都已经看见了这种"不知道"所造成的阅读的稀少了。我们很焦急，所以我们总是非常热心地对你们说，它们在哪里，是什么书名，在哪儿可以买到。我就好想为你们开一张大书单，可以供你们去寻找、得到。像英国作家斯蒂文生写的那个李利一样，每天快要天黑的时候，他就拿着提灯和梯子走过来，在每一家的门口，把街灯点亮。我们也想当一个点灯的人，让你们在光亮中可以看见，看见那一本本被奇特地写出来的书，夜晚梦见里面的故事，白天的时候也必然想起和流连。一个孩子一天天地向前走去，长大了，很有知识，很有技能，还善良和有诗意，语言斯文……

　　同样是长大，那会多么不一样！

国际大奖小说

自己的书

优秀的文学书，也有不同。有很多是写给成年人的，也有专门写给孩子和青少年的。专门为孩子和青少年写文学书，不是从古就有的，而是历史不长。可是已经写出来的足以称得上琳琅和灿烂了。它可以算作是这二三百年来我们的文学里最值得炫耀的事情之一，几乎任何一本统计世纪文学成就的大书里都不会忘记写上这一笔，而且写上一个个具体的灿烂书名。

它们是我们自己的书。合乎年纪，合乎趣味，快活地笑或是严肃地思考，都是立在敬重我们生命的角度，不假冒天真，也不故意深刻。

它们是长大的人一生忘记不了的书，长大以后，他们才知道，原来这样的书，这些书里的故事和美妙，在长大之后读的文学书里再难遇见，可是因为他们读过了，所以没有遗憾。他们会这样劝说："读一读吧，要不会遗憾的。"

我们不要像安徒生写的那棵小枞树，老急着长大，老以为自己已经长大，不理睬照射它的那么温暖的太阳光和充分的新鲜空气，连飞翔过去的小鸟，和早晨与晚间飘过去的红云也一点儿都不感兴趣，老想着我长大

了,我长大了。

"请你跟我们一道享受你的生活吧!"太阳光说。

"请你在自由中享受你新鲜的青春吧!"空气说。

"请你尽情地阅读属于你的年龄的文学书吧!"梅子涵说。

现在的这些"国际大奖小说"就是这样的书。

它们真是非常好,读完了,放进你自己的书架,你永远也不会抽离的。

很多年后,你当父亲、母亲了,你会对儿子、女儿说:"读一读它们,我的孩子!"

你还会当爷爷、奶奶、外公和外婆,你会对孙辈们说:"读一读它们吧,我都珍藏了一辈子了!"

一辈子的书。

引言

Die Reise zu den fliegenden Inseln
梦幻飞翔岛

我爱大海。

这也是我喜欢去希腊的理由——当然不是唯一的理由。

去年夏天,我去了纳克索斯岛。一个傍晚,我漫步在港口,一位老者前来和我攀谈,并请我坐到了他的小桌旁。

"我看您好像喜欢听故事。"老者和善地对我说,"我很想送给您一个故事。在这个笔记本里,您可以读到我的一位年轻朋友曾亲身经历过的一切。"他把一个陈旧的笔记本推给我。"这是他送给我的一件礼物,也是我可以回忆往事的最后见证。我曾在一座大城市经营一家旧货商店多年,现在又回到了大海身边,我不想让这个故事被人遗忘。谁知道呢,或许有一天您也会有兴趣把它讲给别人听。"

我打量了一下笔记本。它的标题使我感到惊诧——梦幻飞翔岛。

我翻开第一页。

"梦幻飞翔岛。一个知道正确关键词的男孩的亲身经历。笔录的时间,是事过几年以后,刚刚吃过晚餐。"

标题及笔记中的各个章节,均用流畅的手写体。

"随您怎么去处理吧。"老者平静地说,"这本书归您了。"

我不好意思地和他握握手。"请问您贵姓?"

"他们都叫我老安德列亚斯。"他站起身,向我点了点头,然后就消失在老城狭窄的街巷之中。

我突然产生了一种急迫感,赶紧回到了小旅店,坐在房间的阳台上,开始读了起来。周围是大海的呼啸,我一直读了下去。

Die Reise zu den fliegenden Inseln

目录

梦幻飞翔岛

第 一 章　魔球 …………………………… 1
第 二 章　来到"无止号"船上 …………… 8
第 三 章　"无止号"上的船员 …………… 13
第 四 章　四十四塔之岛 ………………… 19
第 五 章　岩石上的城堡 ………………… 28
第 六 章　石头信 ………………………… 37
第 七 章　暴风雪 ………………………… 42
第 八 章　音响岛 ………………………… 50
第 九 章　未名岛 ………………………… 57
第 十 章　黑雾 …………………………… 69
第十一章　雕像岛 ………………………… 74
第十二章　决斗 …………………………… 80
第十三章　第二眼之岛 …………………… 91

目录

梦幻飞翔岛

Die Reise zu den fliegenden Inseln

第十四章　正确的关键词 ………… 99

第十五章　反差岛 ………………… 107

第十六章　老船长 ………………… 117

第十七章　自行岛 ………………… 122

第十八章　猫岛 …………………… 127

第十九章　石猫 …………………… 134

第二十章　骑士的标志 …………… 140

第二十一章　魔符 ………………… 145

第二十二章　飞翔岛 ……………… 155

第二十三章　银盔甲 ……………… 161

第二十四章　环形石头阵 ………… 166

第二十五章　回家 ………………… 169

后记 ………………………………… 173

Die Reise zu den fliegenden Inseln

第一章

魔 球

这一切是怎样开始的,我还记得很清楚。外面虽然有太阳,可却下着轻柔的细雨。那是一场典型的夏季时令雨,雨水滴到皮肤上有些发痒,但却不会浸湿皮肤。

时令雨可以卷头发,我母亲过去总是这么说。我还记得,她经常笑,特别灿烂的微笑,我想她当时比现在幸福得多。

我现在要讲那特殊的一天。三个月前,我的父亲死了。那是一场车祸。在一个弯路上,他的车偏离了公路。但据说在汽车离开公路之前,他已经死了,是心脏骤停而死。据说每个人都可能发生这样的事,不论在什么地方。

父亲死后,母亲常常哭泣,她变得沉默寡言了。她常常来到我的房间,睡在我的床上。她卧室那张大床,总会让她想起父亲。

我还记得,当我把地图铺在房间地板上的时候,曾看过手表,大约是差二十分五点。六点之前,母亲是不会下班的,所以我有足够的时间去做一次旅行。

我光着脚站在印度洋上。准确地说,我是站在地图的印度洋上,我的脚下是发着沙沙响声的蓝色。

我在玩一个老游戏——周游世界,而且不用穿鞋。整个地板上都铺着地图。我的整个房间就像是一个地图世界。我小心翼翼地踮着脚尖走过一个个国家,一个个岛屿。

这些地图是我父亲从跳蚤市场带回来的。我还能够清晰地记得,他是如何把那只被雨水浇得精湿的破箱子拖进了大门。

"是我们应该周游世界的时候了。"他说着把箱子放到了我的脚边。

十分钟后,我的母亲和姨妈吃过早餐回来时,我们早已经到了澳大利亚。

从那些地图第一次出现在我的房间那一刻起,我们就开始周游世界了。

我们常常是两个人,或者三个人去做这样的旅行,但有时我也单独一个人上路。

那都是些古老的地图,上面的符号和文字我都不认识。我父亲是在跳蚤市场一个男孩手里买到的。后来,他就再也没有见过那个男孩,而且也没有人认识他。

Die Reise zu den fliegenden Inseln

"穿着蓝色制服,像一个船长,雪白的头发!"这就是父亲能描述那个男孩的所有词语。而且,男孩出让这只箱子时好像根本不想要钱。

印度洋上有一个地方,我父亲特别喜欢。在图上有人用红墨水写着"拉普达"。这个词的周围还有好几个箭头指向各个方位。"我们总有一天会知道,这个'拉普达'是什么意思。"父亲肯定地说。

差十分五点。

我站在印度洋上,光着脚,在我的脚趾前,是那行闪着光的红字。

父亲死后,母亲把起居室的墙壁涂成了红色。

"这是意大利红。"母亲向所有来访的客人解释说,"这个改变我觉得很好。我需要周围有颜色。白色让我不安,红色给人温暖。"

我常把地图铺在地上,就像父亲还在的时候那样。然后,世界上所有的大海就都属于我了。其实我觉得,地球上只有一个巨大的海洋,只不过在各处有不同的名称而已。

差三分五点。

几天前,我就已经知道"拉普达"是什么意思了。它在一本书里有。是我在老安德列亚斯那里看到的。

有时放学后我会到他那儿去看看。他的旧货商店里，摆满了灰头土脸的木器、旧书和旧画，以及来自世界各地的大大小小的物件，我可以在他那儿待上几个小时，而且每次都能发现一些新奇东西。

尽管我在老安德列亚斯那里从来没有买过什么东西，但他还是允许我在他的商店里随便折腾。他只是让我把书包放到桌子底下，在我到处乱翻时，不要绊倒别人。

老安德列亚斯给我看他正在读的一本书。

"我不得不承认，我的年轻朋友，没有什么能比这本漂亮的书那样让人激动的了。"他骄傲地用手指敲着打开的书页说。深色皮革封面上的文字模糊得几乎无法看清。

"你或许知道书的标题，"他说，"甚至是第一章。这是给孩子们写的书，有上百个不同的版本，但没有一本可以和原作相比，这我可以和你打赌。因为书中有些故事，或许根本就不应该给孩子们读。"

我试图把书的标题读出来。

《前外科医生、多艘航船船长莱缪尔·格列佛在地球上各种遥远国家的游记》。

"这是乔纳森·斯威夫特写的书，"老安德列亚斯说，"你肯定熟悉《格列佛游记》这个标题。你肯定知道，他去了小人国的故事。在那里他成了巨人。"

Die Reise zu den fliegenden Inseln

我点了点头。我当然知道这个故事,那本书就摆在我的书架上。

"好,然而这本书里还有其他一些故事。"老安德列亚斯小声说。

他随便翻开了书中的一页,送到了我的鼻子前面。

"这个如何?"

我读了一下这一章的标题:《第三部分:拉普达游记》。

我一下子愣住了。

"这个词,这个词我见过!"我口吃地说。

一个怪异的微笑出现在老安德列亚斯的脸上。

"是的,是的。飘岛。或者叫作飞翔岛。你听说过吗?"

我摇摇头。

"斯威夫特在他的书中描写了格列佛游拉普达岛的经历。那是一个飘浮在海面上空数米高、借助一块大磁石操纵的岛屿。磁石吸着这个岛不至于距离地球太远,只是飘浮在海面的上空,这样岛上的居民就可以随意操纵它四处飞翔了。一个相当复杂的系统,但却很有效。另外据我所知,'拉普达'并不是唯一会飞翔的岛屿。"

"可是,斯威夫特的这个飞翔岛,也就是拉普达岛,只是编出来的呀!"我说。

"请相信你愿意相信的东西吧。"老安德列亚斯说。

他的声音里带有一丝委屈。"我告诉你,还有其他会飞的岛屿。我们是可以找到它们的。"

他把书塞到我的手上。

"我把书借给你,但它对你不会有太大的帮助。我还得给你一些更重要的东西。"

他消失在后面的屋子里,那是一个又小又黑的空间,他称其为办公室。我听到了哗啦啦的声音。

"是这样。"他出来后对我说,并在我的手上放了三颗玻璃球。

"这不是普通的玻璃球,就像我刚才说过的那样——请相信你愿意相信的东西。这是几颗魔球,我是从一个朋友那里得到的。如果你想踏上旅途,去寻找飞翔岛,你就可以借助它们的魔力。有的岛上,据说还生活着已经死去的人,至少我是这样听说的。"

我疑惑地望着他。

"我的父亲……他……他……"我无法把话说出来。

"他死了,我知道。"老安德列亚斯轻声说,"我告诉你,他就在一个这样的飞翔岛上。我甚至敢肯定,如果你去看望他,他会很高兴的。"

我一直不知道该说什么才好。

"你把玻璃球放在装满水的容器中,闭上眼睛,想着飞翔岛。你立刻就会上路的!"

Die Reise zu den fliegenden Inseln

老安德列亚斯向我眨了眨眼睛,然后友善地把我推出了门外。

"一路顺风,我的朋友!我还有事情要做。"

差一分五点。

其实,我没有必要在这一天老是看表,但不知是什么原因,我却老是这么做。突然,我产生了一种冲动,想去尝试一下。还会出什么事呢!

"拉普达"。飞翔岛。魔球。

相信你愿意相信的东西,老安德列亚斯是这样说的。

我仍然站在印度洋上,俯视着脚下的蓝色。

不管这些地图曾经属于谁,他必然读过有关飞翔岛的书,否则他就不会有兴趣把拉普达岛画在印度洋中间。

或许,确实有人见过这个岛吧!但如果有人见过,那它就确实存在呀!如果存在拉普达岛,那就还会有其他的飞翔岛……

五点整。

我从厨房取来一只大玻璃碗,装满水,然后把它摆放在印度洋中间。

我拿出三个玻璃球中的一个,举在水的上面。

然后我闭上眼睛,凝神想着我的父亲以及飞翔岛。

我松开手中的玻璃球,听到它落入水中的声音……

第二章

来到"无止号"船上

"欢迎光临!"一个沙哑的声音喊道。

我惊异地向上看去。一秒钟前我还在房间里,现在却突然四仰八叉地躺在粗糙的木板上。

一个白胡子老人站在我的眼前,头上戴着一顶破旧的毛线帽,说不好是什么颜色,或许很久以前是蓝色的。

"已经是你应该来的时候了。我们还以为,你又有了其他什么主意呢。"

我盯着他,感觉身下的地面似乎在动,我肯定是在一艘船上。

"我刚才还……"我开口说。

"你刚才还在家里。"老男人开心地说,并伸出了右手,想拉我站起来。

"好吧。你现在已经来到'无止号'船上,我刚才说过,这已经是最后时刻!"

"最后时刻?为什么?"

Die Reise zu den fliegenden Inseln

我想,我是在做梦,随时都会醒来。

我简直无法相信,所有这一切会是真的。

我站在一艘摇晃着的航船上面,不知是在哪个海面上。这艘船很像是我在电影里见过的一艘海盗船。我的周围一片蔚蓝,目光所到之处净是蓝色的海水,头顶上是明亮的蓝色的天空。

"我可以告诉你,我们为什么很着急。"老男人又沙哑地说,"我们着急,是因为我们必须回家去吃晚饭。明白吗?"

"明白。"我无助地看着四周,其实根本就不明白。

"我是怎么到这里来的?"尽管我完全可以想象出来。

"是老安德列亚斯送你过来的。这你是知道的!"老男人说。

"他给了你几颗玻璃球,是不是?"

我点头。"这您也知道?"

"我们大家都知道。"他严肃地说。

"我们——大家?"我问。

"嗯,这里的所有人,'无止号'上的全体船员。"

"'无止号'……就是这艘船吗?"

"猜对了,我的朋友。这是一艘漂亮的船,是不是?"

我赞同地点点头。其实我不太懂船,但"无止号"确实是我所见到的最美的船了。

"我好像在什么地方见过。"我对老男人说。

"在老安德列亚斯店里的墙上挂着一幅'无止号'的油画,画得真不错。是我们船长的父亲画的,真的很不错。你不久前才看了一眼那幅画,就看出了它和真船是多么相像……"

我记起了那幅画。老安德列亚斯从一只箱子里拿出来,曾给我看过,然后又把它拿到了后面的房间里。

"得为它找一个好地方。"他当时说。

"您怎么知道他曾经给我看过?"我吃惊地问。

"我就是知道,"他又哑着嗓子说,"我得先……先考考你,然后才能把其他人叫出来。"

我吃惊地看着他。

"我必须知道,老安德列亚斯说得是否对。"

"是否对?什么意思?"我慢慢地适应了这里的环境。

"他认为你知道那个正确的关键词。如果你真的知道,我们就可以起航了,否则是毫无意义的。"

"我不明白,毫无意义是什么意思。您所说的正确的关键词是什么?是个什么样的词?"

"你闭上眼睛,告诉我你首先想到的一个词。不要想太久,也不要说假话,不要自作聪明,更不要骗人,懂了吗?"

我一个字都听不懂,但还是闭上了眼睛,静心等待

Die Reise zu den
fliegenden Inseln

着。奇怪的是我不得不想到我在五点之前从冰箱里取出的那杯布丁,现在还摆在我房间的印度洋的中间,就在装有玻璃球的大玻璃碗旁边。我有些担心布丁会掉在我那些古老的地图上。

我的房间,到处都是地图,中间就放着一杯布丁,而我却消失了。这一切都会惹母亲生气,这是肯定的。

"喏,快把词说出来!不要搞得那么紧张,年轻人!"我又听到了身旁那个沙哑的声音。

"奶油布丁。"我说。

我听到了"噗"的一声响,吃惊地睁开了眼睛。在我面前站着两个戴蓝色帽子的老人。他们看起来像是双胞胎。

"让我们拥抱你,小朋友。"两个人同时喊道,听起来就好像是一个人的声音。他们把我拥到了胸前。

"我是双料巴尔塔扎。我是说,我们两个人都是。如果有人知道正确的关键词,那我们就是双料的——双料强大,双料快捷。但可惜这种双料状态只能持续较短的时间,然后其中的一个就会消失,另一个就不得不自己单独去做一切事情。这种不断的转化是很烦人的。但由于你是上天选定之人,知道正确的关键词,所以我坚信,我们的旅行注定会成功的。"

"可是——我刚才想到的词,只不过是'奶油布丁'

啊。这就是正确的关键词吗?难道这就是魔咒?"

"关键词每次都是不一样的!"双料巴尔塔扎喊道。

"关键是你能够找到正确的词。我担心,不久就又到需要你的时候了。我们必须抓紧时间,你知道,是为了晚饭。我去叫其他人。开船啦,前往飞翔岛!旅行可以开始了!"

"无止号"航行在大海中的一个什么地方,而双料巴尔塔扎只有一件心事,那就是晚饭。

好吧,既然"奶油布丁"都可以是一个咒语,那肯定什么都是可能的。至少有一点我明白了——我已经知道这艘船要到哪里去。

而我,就在这艘船上。

第三章

"无止号"上的船员

船摇晃但却平稳地行驶在海面上。

双料巴尔塔扎好像是船上唯一的水手。难道"正确的关键词"只是一个花招？或许另外一个是他的双胞胎兄弟？我正在这样想的时候，也看见了其他船员。

"嗨！"双料巴尔塔扎高声喊道。

两个老家伙身边站着一个短发的女孩，黑色的头发，还有一个穿着闪亮的银盔甲的小个男子和一个穿蓝色制服的少年，他的头发雪白，但最多也就12岁。

"我可以介绍吗？"双料巴尔塔扎喊道。

我被两个长得完全一样的老家伙拥在中间，走向这群奇特的人。

"这就是知道正确关键词的男孩，他在寻找死去的父亲。"

我们站到了女孩面前，她看来并不比我大多少。

"这是艾莎，我们的猫女。她是我们的侦察员，没有人比艾莎更轻灵快捷了。我告诉你，在某些日子里她甚至是隐身的。"

女孩对我笑了笑，并且转了转眼睛，意思是说：不要相信他所说的一切。

"你叫什么？"她平静地问。

"约翰内斯，"我说，"我的朋友都叫我约纳。"

"还是叫约纳好。"她说着向我伸出手来。

"我们已经听到了，这个年轻人叫约纳。"双料巴尔塔扎在我身旁大声喊道。

"女士优先，所以才例外地先行介绍。"他说，并不好意思地咳嗽了一声，"否则当然是应该先介绍船长的！"

穿蓝色制服的少年向我迈出一步，热情地握住我的手。

"欢迎上船。他们都叫我小船长。"

他的白发、蓝色制服、年轻的面孔——所有这一切，都让我想起了什么。

"是你把地图箱子卖给我父亲的吗？"我好奇地问。

"啊，是他向你提到过我吧，实在难得！"他显然十分高兴，"是的，是我用特价把那个箱子出让给他的。这并不是我的主意，而是老安德列亚斯的安排。"

"您也认识老安德列亚斯？"我吃惊地问，"可他只不过在一条小胡同里开了一家小店啊！"

Die Reise zu den
fliegenden Inseln

"他看起来很普通,是不是?一个伟大的人物这样做,不是最好的吗?谁也不会向你求助,但你却可以做任何事。我的父亲也是这样处事的,他是老安德列亚斯的好友。换句话说:他们曾经共同航海。"

我惊诧地聆听着。

"整日在店铺里摆弄那些旧货的老安德列亚斯,还出过海?"

"我的父亲一直是'无止号'的船长,老安德列亚斯是他的舵手,一直到他的视力不济才离开。而且他也厌烦了大海,才买了一家小店,然后,直到现在还在那里经营。但他经常回忆过去,他曾见过很多人从未见过的事情。"

"你父亲现在在哪里?"我问。

"这是一个很好的问题,我或许在这次航行结束时能够给你一个答案。一天早上,我父亲在大海中消失了。人们找遍了整个航船,并派出救生艇,但却毫无踪迹。老安德列亚斯把'无止号'安然地驶回了家乡。他告诉我,是一座飞翔岛把我父亲接走的,那里正好需要他的帮助。他被提升到空中,和飞翔岛一起飞走了。这是老安德列亚斯亲眼所见。"

"拉普达。"我轻声说,以为没有人会听见。

"我也是这样想的。"小船长说。

"你看,我们大家有一个共同的目标!"

穿银盔甲的小个男人,带着哗啦啦的响声向我走来,看来他的盔甲上已经生锈了。

"请原谅这刺耳的响声,"他用一种奇特而有棱角的声音说,"我只是在庆典时才穿这副盔甲的,而现在就是一个庆典时刻。很高兴认识您,我是骑士阶层的最后一名合格的代表。我希望在传说中的飞翔岛上,能够遇到更多像我一样的人。我向老安德列亚斯提出了这个愿望,得到他的大力支持。我的名字是库诺·封·桦树斯坦。永远为您效劳。"

他试图鞠躬致敬,伴随着更大的哗啦声。

"一切都没有问题,我亲爱的库诺,"小船长说,"但盔甲必须脱掉,这会给我们带来很多麻烦的。"

"我知道。"小骑士说,脸上露出一丝自豪和尊严。

"我现在去穿便服。如果需要,穿便服也可以战斗!"他兴奋地喊道,然后就哗啦啦地回到了船的底舱。

"我至少还有一百个问题。"我对小船长说。

"我们以后还有时间提问和解答。"他把手中的帽子放到了地上,"请把所有的魔球都放到里面。"

他疑惑地看着我。"你把魔球都带来了吗?"

"我的裤兜里还有两个。"说着我把球掏出来,准备放到帽子里。

"留下一个,给你自己用,你还会需要它的。"小船长严肃地说,"每人留下一个作为储备,等回家时用。"

我给了他一个玻璃球。他把它和其他球放在一起。

"你们已经上路很久了吗?"我问小船长。

"只是我和老巴尔塔扎,"他说,"其他人也是在你之前不久才来的。"

"可是,船怎么行进呢?我们没有水手呀?我是说,我们应该做些什么?"我无法设想,"无止号"航船如何继续航行。

"请听我说,"小船长说,并环视了大家一圈。"我了解这些魔球的力量。在我有难的时候,它们曾把我带向很远的地方,让我们围起来坐在一起,每个人都想着我们旅行的目的地,即飞翔岛。或许不是每次都能实现我们的愿望,但我们肯定会上路的,这我知道。我们坐成一圈,闭上眼睛,我将把魔球抛到船外去。只要它们一碰到水面,我们就会到达另一个地方。不论是到了哪里,我们必须永远在一起。不经许可,谁也不许离开这个集体,听清楚了吗?"

"清楚得像海水一样。"双料巴尔塔扎说。

我们都坐到船的甲板上。

艾莎握住我的一只手,另一只手由库诺握着。

我顺便看了一眼他不穿盔甲的样子,因为我根本就没有听见他回来。

我简直不敢相信自己的眼睛,小骑士从头到脚都是白色木头做成的。

甚至连他穿的裤子和衬衫也是木料制品。

他发现我在看他,向我眨了眨眼睛。

"上好的木料。"他轻声说。

"无止号"的每一个成员都让人感到意外。这时我才感觉到,小骑士的手是何等坚硬。当然,这毫不奇怪!

而艾莎的手却又柔软又温暖。

我握了一下她的手,只是轻轻的。艾莎回报了一个握手。

我闭上了眼睛,梦想着飞翔岛……

第四章

四十四塔之岛

尽管"无止号"几乎没有行驶,我们却感到了一个巨大的震动,就好像有人试图让船在航行中紧急刹车。双料巴尔塔扎手中拿着一只单筒望远镜站在船头。

"陆地在望!"那个熟悉的沙哑声音又传了过来,"无止号"正接近一座岛屿,但这肯定不是一座飞翔岛,因为它深深地长在水中!

小船长这时也举起了在阳光下闪闪发光的望远镜。

"我认识这个岛。"他说,"我曾在这里停靠过。上面都是些不友善的人,相当难以捉摸。但愿此刻在这里没有战争,因为在这个岛上,和平与战争变换得非常快,甚至超过了我们的昼夜变化。"

慢慢地我们用肉眼也可以看到那座岛了。它还只是一个远方的影子,就好像是一片雨云降落在海中。

"'无止号'不需要驾驶吗?"我问小船长。

他用手指点了点额头。"只需要用意念,"他说,"我四岁时,父亲就发现,我可以用目光和意念驾驶船只。但它只在'无止号'上有效,在其他船上试验过多次都没有成功。"

我观察了一下小船长。他有一双明亮的蓝眼睛,与他的白发形成鲜明的对照。他的面孔第一眼看去就不寻常,透露着一丝悲伤、肃穆和尊严。他怎么能够用目光和意念驾驶这艘船呢?就好像知道我在想什么,他突然说:"我只能设想某一个方向,而不是目的地。我必须尝试保持正确的航线,这样就可以最终到达目的地了。但如果把魔球扔在海水里,那我就什么都不需要做,和你及船上的其他人完全一样。"

我点了点头,我知道这艘"无止号",还将向我展示更多的谜团……

在我身旁,双料巴尔塔扎开始骂了起来。

"真该收帆了!"他嘶声说,"这是四十四塔之岛,我们真倒霉。我不明白,为什么要把我们送到这里来呢?要是没有特殊的原因,那就是我们的魔球发疯了!"

"我们很快就会知道,"小船长说,"大家做好准备,我们要在这里短暂停留。巴尔塔扎留在船上,我信任你的双料力量。这个岛上的人很喜欢扔石头,所以我们得准备些防护用品。带上几块厚木板再上救生艇,到时可以当盾牌用。"

Die Reise zu den
fliegenden Inseln

他转过身去,看见库诺正爬上一只木桶,想越过船头遥看远方。

"亲爱的库诺,"他礼貌地说,"我本以为是没有必要的,但现在想一想,你的盔甲是避免受伤的最好装备!"

小骑士欢呼了一声,跳下木桶跑进了底舱。

"我能做什么呢?"一直都没有说话的艾莎问。

"我们一到岛上,你就去四处打探。库诺、约纳和我设法去找岛民交谈,这样你就有时间去侦察情况了。库诺的盔甲总会发出很大响声,你会知道在哪里能够找到我们。"

艾莎满意地点点头。

我们把目光转向越来越近的海岛。

简直难以置信。

"这……这是意大利呀!"我口吃地说,因为我清晰地看到了岛上的比萨斜塔。

"这也可以是法国,"小船长平静地说,他用右手指了指另外一座高塔。

"艾菲尔铁塔!"我无法控制自己。

"我们还会看到一大堆这类的建筑。"双料巴尔塔扎嘶声说,"那里是一座灯塔,这里是著名的伦敦大本钟塔楼,你肯定在照片上见过。喏,还有很多其他的塔。"

巴尔塔扎说得很对。

海岛上面是一座塔挨着一座塔。有些塔之间修有狭窄的通道,相互连接着。在很多塔上都装饰有象征图案,花样繁多,琳琅满目。有些还悬挂着自己的图徽。

在一座高高的石塔上,图徽是一只水罐;另一座塔上,是一个长面包。其他的还有在墙壁上画了一本书,或者一只单筒望远镜。

各种可以想象和难以想象的、形式和大小各不相同的塔,簇拥着耸立在岛上。这是一个杂乱无章的塔群。它们的居民设法用各种独特的方式相互超越。有一个塔上飘扬着一面五颜六色的旗帜,而另一座塔上却只挂着一个巨型的金色假发套。

当我们来到距离海岛足够近的时候,巴尔塔扎把救生艇放入水中。

然后,小船长、库诺、艾莎和我划船去一块伸向海面的岩石小跳板。巴尔塔扎给我们带上几块厚木板,准备抵挡突然袭来的石雨。但什么都没有发生。我们用一根细绳索把救生艇固定在跳板上,登上了陆地。库诺的盔甲发出了巨大的响声,使我每走一步都要哆嗦一下。

我们刚走了两三步,艾莎就已经不见了,我根本就没有任何察觉。

我转过身去,什么都没有看见。她似乎在空气中蒸发了,只有一只黑猫无声地消失在岩石当中。

Die Reise zu den
fliegenden Inseln

我正想和小船长说这件事,他突然停住了脚步。我们眼前的一座又高又窄的塔上,垂下了一缕长长的鬈发,一直落到了我们的脚下。

从三十多米高的一个窗子里,一个老女人伸出头来。

"你们怎么都傻了?"她向下面喊道,"难道你们不知道《莴苣姑娘》童话吗?(见《格林童话》第12则——译注)'莴苣,莴苣,垂下头发,接我上去!'"

"我们当然知道!"小船长回答,"我们还知道,童话的结尾很好,莴苣姑娘得到了她的王子。至少在我们的童话里是这样讲的。"

"那又怎样!"老女人从上面骂咧咧地喊道,"世上并不只有一个莴苣姑娘。我也不想被人解救,至少不被你们解救。至于头发嘛,那只是一种习惯,你们千万别想碰它!"

我们小心翼翼地后退了一步。那个老女人嘟囔着又把她的头发收了回去。

我们继续前进。

"这是个什么易拉罐呀?"一个长得很像易拉罐的男人从一座塔上向下吼道,他用手指了指库诺。

"从什么时候开始易拉罐也会走路啦?"那个男人喊道,"别想在我面前耍花招!我对易拉罐很了解,我在这里就是主管易拉罐的。快说,这又是什么广告表演?是谁想开一家易拉罐商店了?快快说话呀!"

两三只空易拉罐向我们耳边飞来,其中一只恰好打在库诺的银色盔甲上。

库诺气愤地摘下头盔。

他捡起一只空罐,扔了回去。但它只飞了两三米高,就带着响声撞到了墙上。

"您侮辱了我,您这个野汉,您这个响盒,您这个罐头!在您面前的是桦树斯坦骑士。这和您的易拉罐毫无关系,您听明白了吗?"

作为回答又飞来一只空易拉罐,随后就是上面使劲关窗子的声音。

"这个岛上的人都不正常,真的都不正常。"库诺愤愤地说。他的心灵受到了伤害。

我们来到了比萨斜塔旁。

塔前面站着一个歪着头的男子。

小船长同样把头向旁歪去算是向他致意,然后对那个男子说:"请原谅打扰您了。我想向您请教。"

"想请教什么?"那个男子问,但却没有改变他的歪脖姿势。

"我们在寻找飞翔岛,您最近见过它们吗?"

"有一座曾经来过。"那个男子说,"就在我美丽塔的

Die Reise zu den fliegenden Inseln

上空停留了片刻。我当时有些害怕,但他们有很好的建筑师。我是很会看人的。好的建筑师现在是越来越少了。您看看岛上这一大堆建筑垃圾就知道了,都是些废品,盖得歪歪斜斜的。就这样,他们还要教导我如何盖房子,真是可笑至极!"

他沉默了。

"您与飞翔岛做生意吗?"小船长问,他始终规矩地歪着头。

"这里的人们都习惯一次性购买一年用的东西。从飞翔岛、从经过这里的海员、从每年来一次的商人那里。"

"从飞翔岛那里能够买到什么东西呢?"小船长想知道。

"水果,"那个男子说,"人们可以想象的最好的水果。他们飞翔在空中,气候肯定是很好的。真不知道他们是如何种植的,或许是因为他们始终追赶着阳光飞行。"

小船长思考了一会儿说:"您知道,什么时候又会来一座飞翔岛吗?"

"这谁也不知道。他们来了,然后又走了。随心所欲。他们把装水果的筐放下来做生意,然后就飘向了其他地方。现在请您不要再打扰我了。我正在准备修一座新塔,必须要精心设计才行。"

25 梦幻飞翔岛

"明白了,"船长说,"谢谢您的帮助。"

"这里的人都怎么了?"我问小船长,"他们的举止都怪怪的。"

"他们很孤独。这使他们变得怪异。每个人都想向别人显示他的与众不同:有人修了一座塔——所有的人都跟着修塔。据说这里有四十四座塔。这里的岛民或是退隐的海员,或是从其他岛屿辗转而来的人,其中很多都是怪人,这我们不能不说。"

"个个都很怪。"库诺大声说,他还一直在生气。

"但我们总算知道了,一座飞翔岛曾到这里来过。它们确实存在,我们已经离它不远了。"我兴奋地拍着巴掌。

"是啊,可以说,我们有了一个良好的开端。"小船长的声音显得不太兴奋,可能是他的经验要比我多。

我们回到救生艇。艾莎已经在跳板上等我们了。

"没有看到什么值得一提的事情,"我们走近时,她说,"他们有些塔里只卖面包,有些只卖书什么的。他们最喜欢的活动就是整天待在塔中。如果感到无聊,就开始用石头攻击他们的邻居,战争一直持续到把所有的石头扔完为止。"

"这就是我所说的和平与战争时期。"小船长叹口气说,"奇怪的塔民。"

Die Reise zu den fliegenden Inseln

就在他说话的时候,几块石头从我们的耳边飞过。

"向步行者宣战!"一个人从一座塔上吼道。他用一台巨大的抛石器对准了我。

我向救生艇跳过去,才免遭一劫。

我刚才站的地方,一颗石弹击中了山岩。

"这我也会,你们这些坏蛋!"库诺喊道。他从盔甲中掏出一只小弹弓,灵巧地向各个方向射出了石子。有几处的塔上传出了愤怒的吼叫,看来有些人被击中了。

"干得好,库诺!"我一边和小船长加紧划船一边喊。

艾莎撑起一块木板挡住我们的头部。

很快就再没有石弹飞来了。库诺满意地收起了弹弓。

"我还没有忘记这个手艺,"他自豪地说,"这是骑士的一项基本功。"

我们朝"无止号"划去。

它静静地停在那里,在那无际的蔚蓝色当中。

第五章

岩石上的城堡

我们坐在船长房舱的一张摇摇晃晃的旧木桌旁。

墙壁上悬挂着已经泛黄的地图。它们肯定已经在这里挂了很久了,或许是小船长的父亲把它们挂在这里的。舱中还挂着一幅他的肖像,是一幅油画。这只能是小船长的父亲——同样明亮的眼睛,雪白的头发。

在一个角落里,我看见了一张铺着花床单的木板床,另一个角落是一台小厨灶。房舱的四壁均是深色的木板,它使房间很舒适——但也有些压抑。我想,这四面墙壁肯定已经听到过很多故事,肯定也会讲述很多奇奇怪怪的经历。我回去以后,一定要去请老安德列亚斯给我讲他驾驶"无止号"航行的故事!现在我已经盼望回家了,尽管我们还没有达到目的地,而且,我们谁也不知道是不是能够达到目的地。

救生艇早已放回了原处。关于塔岛那些不友善人们的事,也几乎被忘记了。

Die Reise zu den
fliegenden Inseln

"地图上能够找到四十四塔之岛吗?"我问小船长,"在我们的地图上它又是什么名字呢?而我们,我们目前在哪里?是印度洋上吗?"

他友善地笑了,轻声对我说:"有各式各样的地图,多得数不胜数。我们不可能在一张地图上找到一切。我还从来没有在一张地图上见过这座岛屿。但我知道,它是存在的,你也知道,我们大家都知道。"

"我们目前在什么地方呢?我是说,大体的方位?"

"我们,"他停顿了片刻,"大概是在印度洋上。更多的我不能说。其实名称并不重要。"

真的很奇怪,在"无止号"上只能得到使你产生更多问题的答案。

双料巴尔塔扎送来了午餐,每人一块面包和一片鱿鱼肉。可能是巴尔塔扎自己捕到的鱿鱼,因为他端上鱿鱼时显得那么骄傲。鱼是烤的,很好吃,尽管一片鱼要在嘴里嚼很久。库诺礼貌地摆了一下手腕拒了。

"我们桦树斯坦家族对此从来没有兴趣。"他礼貌地说,用手指了指桌子,"我们没有饥饿感,只是有时口渴,但只要一小口水就足够了。你们看,我们是很知足的。"

他向我眨了眨眼睛。"另外,我也尽量避免接近厨房。您知道——那里有太多的刀具,当然还有太多的火,火对我是最不利的东西。"

"咸水呢?"我问,"您不怕咸水吗?"

他别扭地挠了挠胳膊和面孔。"是这样,我不知道您怎么样——但咸水使我的全身都发痒,但我可以忍受。桦树斯坦家族的骑士是不会轻易放弃的,更不能因为一点儿咸水!"

这位桦树斯坦小先生我很喜欢。他长着一副漂亮而均匀的面孔,警觉的眼睛,上嘴唇长着一绺胡须,浅色的短分头,看起来很有人味。看他第一眼,绝不会想到他是木头做成的。"桦木,"小骑士说,"上等的桦木,准确地说。"他察觉到了我的关注。

"我刚刚想问,怎么会……"我口吃地说。

"怎么会全是木头做的?我的头发、嘴唇、眼睛?您看,我的朋友,木头和木头不同。我们的祖先都是些能工巧匠,他们隐居在森林的深处,是为了躲避人类,而不是躲避野兽,必须要强调这一点!我们只是惧怕人类!我们祖先居住的森林,据说是中了魔法的。您肯定能够明白我的意思,我聪明的小朋友。是的,我还要进一步说明:桦木和桦木也是不同的。"

他敲了敲胸脯。

"您可能已经发现了,我的个子比较矮小,那是因为制作我的树干比较矮小。但那却是特殊的木料,这一点您必须相信!"

他带着激情说这番话,我差一点儿忍不住笑出来。"噢,这我知道,我也坚信这一点。刚才您弹弓使得真是棒极了!"

"我会像一头狮子一样战斗!"库诺·封·桦树斯坦说,"当然,像一头小狮子。"

我笑了。"您确实是。而且,狮子就是狮子。"

库诺虽然表现出一种自负和欢快,却掩盖不了内心的一丝悲哀。

我看了他一眼。"我可以问您一个问题吗?"

"别客气,请吧,我的朋友。一个古老家族的最后代表,并不是每天都可以遇到的。"

"其他的骑士都在哪里?"我问,"为什么把您一个人留下了?"

回答我的是一声长长的叹息。

"这是一个悲伤的故事,我的朋友。到了最后,我们只剩下了少数人。我们生活在一座城堡里,就在森林中间的一块小小的岩石上面。和我们的祖先一样,我们生活在远离人类的地方。有一天,我被派出去寻找小石子,就是我用弹弓抛出去的那样的石子,因为我们每个人都有这样的武器。我外出了好几天,想找到一个有很多这样石子的地方。我确实也找到了一个合适的地方,那是一条干枯的河床,到处都是石子……我立刻启程回家。当我回到我们的森林时,立刻就发现这里出了事。一场森林大火毁灭了一切。我们的城堡也变成了废墟,一切都烧毁了。那是一场突如其来的灾祸。时至今日我还会做噩梦,梦中所看到的都是黑色的灰烬。"

我哽咽了。

"真是……对不起。"我的嗓子里在抓挠。

"没关系,年轻的朋友。"库诺回答,并拍了拍我的肩膀。

"您知道我为什么在这艘船上吗?小的时候,我常听父母讲述我们祖先的故事。当他们的城堡有一次被敌人包围,而且敌人在森林四周放起大火的时候,曾发生了一件奇怪的事情。"

我好奇地看着他。"发生了什么?"

"我们城堡下的岩石,升空飞走了。越过敌人的脑袋,就这么飞走了。"

艾莎注意地听着。"飞走了?"她吃惊地问。

"一座小飞岛,如果你们想知道的话。据说有人看到我们的祖先和他们的城堡都在岛上一起飞走了。但这是很久以前的事情。如果我想再找到一个我们家族的骑士的话,那就只能在一座飞翔岛上,这一点我是坚信不疑的。我也很高兴,老安德列亚斯先生完全赞同我的观点,他支持我的计划,把我送上了这艘船。"

Die Reise zu den fliegenden Inseln

"您是在哪儿认识老安德列亚斯的呢？"

"我们是老朋友了，"小骑士回避地说，"我们这里所有的人都认识他，多多少少吧。是他组织的这个团体，也是他为我们选择了这艘船。"

小船长把空盘子推开。"我们开个短会！"

"我可以操纵'无止号'，让它缓慢地向某一个方向移动，这没有问题。但我不能像魔球那样，瞬间让船到达一个固定的目的地。我想，我们还是继续借助魔球的力量为好。只有这样，我们才能到达我们追求的目的地。其他方法需要的时间太久。"

"我有一个问题，"我说，"我离开家来到这艘船的时候，正好是五点钟。在我们那里已经是晚上。可在船上却老是白天，太阳照射的时间特别长。我不知道已经离开家有多久了，但我知道，我不在，母亲会担心的。"

"我们有另外的计算时间的方法，"小船长说，"我们不按照小时和分秒计算时间，黑暗可以随时到来，或者是很亮，或者不是很亮。我们不称其为白天或者夜晚。你在家里过一分钟的时间，我们至少可以发现两座岛屿。关于时间，你不必担心。"

我听清楚了吗？另外一种计算时间的方法。

"我觉得，我几乎什么都不明白了，"我说，"如果我们有这么多时间，那为什么还要着急呢？"

双料巴尔塔扎冲我笑笑。

"嗯,是因为晚餐!"他嘶声说,"我已经给你解释过,晚饭时我们必须在家里,或者在属于我们的地方!"

"这个晚餐又是怎么一回事?我真的不明白,晚餐和我们有什么关系。"我说。

双料巴尔塔扎深深吸了一口气。

"好吧,我给你解释……这和我特别喜欢的那本书有关系。你或许也知道这本书,讲的是一个男孩,叫马克斯,他在晚餐前出走,去了野蛮人生活的地方,那是世界终点的一座岛屿。他在那里待了一段时间,发生了不少难以置信的故事。你知道,后来发生了什么事情吗?尽管那个岛屿距离他的家十分遥远,他却很快就划船回家了,我还得告诉你们:他甚至还吃上了晚餐。最妙的还是最后:晚餐还是热的!这才是个好故事呢。我每在路上都想有这样的结局:晚餐我要在家里吃。"

他满意地环视大家。

"我们也能做到,如果不发生意外的话。好了,各位,脑袋别让石头打着,距离鲨鱼远点儿,特别要留意那些发疯的岛民们!"

"还要避开一切篝火!"库诺·封·桦树斯坦补充说。他说得如此认真,大家都忍住没有笑出来。

小船长要求我们到甲板上去,他将向水中抛下一个

Die Reise zu den
fliegenden Inseln

新魔球。我们要时刻准备着。

我们刚要爬上楼梯,就听到"噗"的一声响,双料巴尔塔扎又只剩下了一个。

"不!"他失望地嘶声说,"每当我已经习惯双料的时候,这场戏立刻就结束了。"

他把双手放到我的肩膀上。

"我的朋友,我信任你的手段!"

"约纳,再来一次吧!"艾莎说。

"救命!"我说,"我不知道怎么才能生效。我当时只是说了一个'奶油布丁',就是这些。"

"你可以再来一次,"巴尔塔扎哀求着说,"你是那个知道正确关键词的男孩。老安德列亚斯说过,他说得很对!不要丢下我不管!我已经很久没有遇上可以帮助我的人了,而你可以!"

"那好!我愿意再试一试。但是——我不能保证!"

"好啦,好啦!"巴尔塔扎有些等不及了。

"你已经知道,闭上眼睛,想一个词语,不要考虑很久。"

我闭上了眼睛,突然又见到四十四塔之岛。我站在跳板上,刚刚把救生艇固定住,就上了岸。艾莎已经看不见了,但我看见了一只黑猫消失在岩石当中。

"猫。"我不由说了出来,自己都吃了一惊。

还没等我睁开眼睛,就又听到了那个熟悉的"噗"声,两个巴尔塔扎幸福地看着我。

"你比黄金还要珍贵,我的孩子!"又是那个沙哑的声音。

艾莎轻轻碰了一下我的胳膊。她瞟了我一眼,但没有说话。

艾莎对我来说是一个谜。这里所有的人都是谜。

我甚至不知道,我到底应该是个什么。

知道正确关键词的男孩?奶油布丁和猫?这两个词,我并不觉得有什么特别。可是,我对"无止号"和飞翔岛,特别是船上这些船员又了解些什么呢……

我爬上楼梯,其他人跟在我的身后。

第六章

石头信

小船长手中拿着一颗老安德列亚斯的魔球。我们大家又围成一圈,坐到了甲板上。"无止号"轻荡在水面上。我听到了头顶上方海鸥的鸣叫。

"大家准备好了吗?"小船长问。

一个无声的点头算是回答。有几个人已经闭上了眼睛。我又感到了左右两侧使劲握着的两只手——艾莎温暖的手和库诺坚硬的手。

我看到小船长用力把魔球抛向海水中,赶紧闭上了眼睛。

我充满期待,心剧烈地跳动着。

什么都没有发生。

突然,"无止号"被一个巨大的海浪卷起。我横着滑了出去,猛然碰在一只木箱上。巴尔塔扎高声喊了起来:"船长!陆地!陆地就在我们眼前!还不到三十米!"库诺呻吟了起来,他在我身边绞在了一卷缆绳里。"无止号"

又猛烈地左右摇晃了几下,终于缓慢地稳定了下来。

我手脚并用爬向库诺。他刚刚吃力地站了起来,开口骂道:"要是我的罗萨敢这样对我的话!"

"什么罗萨?"我问他。

"罗萨是我的马,白桦木的,左侧身上有一个玫瑰刺青图案。"库诺骄傲地说,"罗萨来自良种马场。我说什么!来自最优秀的马场!它从来不敢这样弓起腰来!"

"'无止号'做这样的动作,必然有它的原因。"我安慰小骑士。

我寻找艾莎。她站在双料巴尔塔扎和小船长身边,就好像什么都没有发生过似的。他们正在向各个方向观望着。

"无止号"不远地方的海面上,冒出了一座小岛。

我走到小船长身旁,双腿还有些发抖。

双料巴尔塔扎已经开始把救生艇放入水中。这两个老家伙动作是如此之快捷,你简直就无法描述出他们的每只胳膊正在做什么。我慢慢明白过来,为什么巴尔塔扎成为双料时对我们这么重要,因为他所做的超过好几个水手。

"这是一封石头信!"小船长说。

库诺吃惊地喊道:"一封信?这难道是一封信?我看这是一个大邮包!"

Die Reise zu den
fliegenden Inseln

"什么是石头信?"我问船长。

"人们称这样的岛屿为信息岛或者突发岛。"他说。

"信息岛?难道说是有人用这个岛给我们送来了信息?"

小船长点了点头。"正是这样。我们马上就会知道,是谁想给我们传递重要的信息,而送来了这封石头信。"

"这样的邮件我还从来没有收到过。"艾莎对我说。

"我想,它是不会给邮差带来快乐的。"

"艾莎、约纳和我上去看看!"已经上了救生艇的小船长喊道,"这里没有危险,在这个岛上我们不必害怕。"

"石头信,"库诺在我身边嘟囔着说,"为什么不让我也上去?"

"以后会有更危险的任务给您。"我友好地拍拍他的肩膀,"您不应该白白浪费您的力气。谁知道呢,或许我们必须马上离开,那时双料巴尔塔扎就会需要您的帮助了。"

他并没有完全被我说服,但还是赞同地点了点头。

艾莎和我上了救生艇。我们没划多长时间就到了岛旁。这个小岛并不比"无止号"大多少。它是一块长满青苔的岩石,在水中闪着绿光。

"看起来很美。"艾莎说。我们把救生艇划向岩石的一个突起处。

"它像是一颗闪光的绿宝石。"

小船长把救生艇固定在一块突起的石柱上,登上了小岛。

我们跟上了他。

"小心!"他喊道,"这里很潮湿也很滑!"

毫不奇怪,这个岛可能几秒钟之前还在大海的深处呢。

"我们找什么?"我问。

"你找到就知道了。"艾莎说,"只要睁大眼睛就行。"

我停住了脚步。我提的问题是不是太多了,我警告自己。艾莎可能是对的,我应该更关注周围发生的事情。

我在湿漉漉的岩石上滑了一下,但却没有看到什么信息,更看不到像信一样的东西。

小船长好像找到了什么,他向我们招手。

"就是它。"他说。

他手中拿着一颗小小的银球。"我们可以停止寻找了,信息已经收到。我不得不说这是一次意外的收获。"

我不知道他在说什么,但我决定等待,等他给我们解释。他肯定会的,这点我坚信不疑。

艾莎惊奇地望着那只银球,什么都没有说。

我们又划船回"无止号"。小船长似乎陷入了沉思,我们不敢打扰他。

双料巴尔塔扎和库诺从"无止号"上好奇地观察着我们的行动。两人手中都拿着望远镜。

双料巴尔塔扎以令人难以置信的速度把我们拉上"无止号"甲板。

我们上了甲板以后,小船长说:"一封石头信,一个突发岛,它们的出现,是为了发出一个信号,给某个收件人送来一个重要的信息。我今天收到了这个信息,它对我确实十分重要。我在岛上找到了这颗银球。"

他举起了球。

"这颗球属于我,或者说它曾经属于我,是我父亲在一次航行中从中国给我带回的礼物。"

我们的目光都投向了银球。小船长停顿了片刻后又说:"后来我又把这颗银球当作吉祥物回赠给他,就是在那次他再也没有回来的航行之前。"

"无止号"上笼罩着绝对的寂静,连周围海水的呼啸声都听不到了。

"这颗银球来自我的父亲,或者是知道我父亲在哪里以及当时发生了什么事的人。"小船长说。

他把银球抛向空中,然后再接住。

"无论如何这个人知道我们正在海上航行。我确信,我们位于正确的航线上。"

第七章

暴风雪

石头信突然消失了,就像它出现时那样突然。正在我们赞叹那颗银球时,"无止号"又一下子飞上了空中。一个大浪击中了它,把它瞬时抛了起来,然后又慢慢地落下。

石头信,那个送来银球的青苔怪岛,也在这一瞬间消失了。它无声地沉入海中,海浪逐渐平静了下来。我们一直站在小船长的周围,惊异地望着刚才从水中冒出那个绿色小岛的地方。

"这封石头信是谁寄来的呢?"我问小船长。还没有等他回答,站在我左右的双料巴尔塔扎用他那沙哑的声音说:"能够这样做的人并不是很多的,我的朋友。我已经航海了一生——或者说——两生了。请相信我,没有任何一块石头曾为我而移动。噢,不,像我这样一头老海熊,还从来没有一个小岛给我送过邮件。但确有少数人,能够做到这一点,老船长就是其中之一。我曾亲眼见过,他如何送走这样一块岩石。他站在船头,口中念念有词,然后把什么东西抛入水中。不管你信不信,一个这样的突发岛,一封这样的石头信,从我们的船旁冒了出来,就在一秒钟之内,就像是一头海豚,来到船旁短暂问候,然后又潜入水中。看起来和这里的情况一模一样,前后都是绿色的。老船长看起来很满意,向我眨了眨眼睛,然后就消失在他的房舱里了。"

"那么,用邮政岛给我们送来银球的,也可能就是他了,对不对?"库诺说,"爸爸给儿子送来的信息。我敢肯定,他还活着,就在什么地方——这就是他想用石头信通知的内容。"

他看起来深信不疑,似乎事情只能是这样。

小船长看起来正在思考什么。他认真聆听了库诺和双料巴尔塔扎的话。

"还有另外的人,可以用岛屿送信,"他平静地说,"老安德列亚斯就有这样的本事,他是从我父亲那里学会的。另外还有我多年来认识的两三名水手也会这样做。因此还不能说,给我送来银球的就是我的父亲,但一定是知道这个球曾属于我的人。"

"你父亲没有回来那次,还有别人失踪了吗?"我问。

小船长摇了摇头。"据我所知——没有!但是,'无止号'上所有人都知道,父亲带在身上的是我的银球。他们常常看到我在甲板上玩耍那只银球。在没有风的天气，我们经常举行足球比赛，三人对三人。"

他笑了。"你们真应该看到那个场景！大家一起踢，好玩极了。那个球对大家来说都是个吉祥物。有一次，它从船头掉进海里，立即就有两个人跳下去，把它捞了出来。后来父亲禁止我们在甲板上踢足球，但禁止的时间并不长，因为他自己也很喜欢玩。"

我的眼前出现了那位白发老船长和水手们在"无止号"甲板上踢球的情景，周围是无垠的蔚蓝。

"我可以……提一个敏感的问题吗，亲爱的船长？"库诺口吃地说。

"尽管提！"

"我们从一开始就以特殊的方式相处得很好。"库诺比较烦琐地开始了他的问题，"你是一个年轻的船长，但满头白发，就像是一个老人；你是一艘神奇的船的主人，但你却是单独一个人，尽管你有一位像双料巴尔塔扎这样的好帮手！我见到你时就想：多么孤独！请原谅我如此坦率，小船长。但我，库诺·封·桦树斯坦，也很孤独，因为我是家族中唯一的人。我还不知道是否有其他用同样的木料雕成的骑士存在。其他和你一样的人都在哪里？满头白发，年轻和年老集中在同一个人身上？"

小船长平静地望着库诺。他在思考。

Die Reise zu den
Fliegenden Inseln

"或许,现在是该给你们讲一个故事的时候了。"他思考片刻说,"让我们到下面去吧。巴尔塔扎已经知道这个故事。他留在上面注意不要发生什么意外情况。"

"遵命,遵命,船长。"巴尔塔扎说着,立即就在各个部位同时出现了。我看见他在我的身旁,在我的上面,爬上了桅杆,我可以发誓,同时又看见他在船的另一边,手里还握着一根粗粗的缆绳。巴尔塔扎不只是双料的。我总是感觉,似乎至少有八个巴尔塔扎在"无止号"船上。

我们下到老船长的房舱,坐在那张古老的桌旁,这个房舱现在当然属于他的儿子了。

"你们肯定已经有过这样的问题,"小船长轻声说,"我为什么——尽管我在你们眼里还是个孩子——像一个老人那样满头白发了,我又是怎么成为这艘珍贵的'无止号'的船长的。这是一个很长的故事,而且不是那么容易听懂。"

小船长有些迷茫地搓了搓双手,然后,就开始讲了起来。

"我的父亲,被人称为老船长,从我记事时起,就一直在航海。我的母亲在家里有一张照片,上面是她和年轻的父亲在一起。他们两人都很美,那是他们跳舞时拍下来的照片,在一家咖啡馆里,位于大海的一块岩石上面。当时还是水手的父亲邀请母亲跳舞,她立刻爱上了他。他的船就在附近的一个大城市停靠。然后跟几个熟悉这家咖啡馆的水手一起来这里跳舞的。

就在他们认识两年后,我出生了,但奇怪的是,我父亲那时就已经是一个白发老人了。"

我不敢相信。"才两年就变成了老人?这怎么可能呢?"

小船长笑了。

"在这里的每个人都知道,很多事情都是可能的。"

"到底发生了什么呢?"艾莎问。

小船长深深吸了一口气。

"我或许还应该告诉你们,在我四岁时,母亲就去世了。她得了不治之症,已经很长时间了,但她却对大多数人保守这个秘密。只有我的父亲知道。当我向他问起这个奇怪的秘密时,我已经和他一起生活在'无止号'船上了。我们已经没有了家。一个老船长,是我父亲的朋友,在遗嘱中写明,他死后,把这艘'无止号'送给我的父亲。他认为,我父亲是唯一有资格得到它的人。

"于是,我父亲成了'无止号'的船长。他很快就发现,他的朋友,'无止号'原来的老船长过去是一位魔法师。这艘船我父亲用单纯的意念就可以驾驶。他只要想出一个固定的方向,船就会扬帆航行了,不需要任何一个水手动一根指头。为了不让别人产生恐惧,我父亲尽量不让人察觉到他的特异功能,而且只是在无人留意的情况下才运用这个方法——特别是在紧急的情况下。他雇佣了一名舵手和几名水手——这样,'无止号'就和其他船只没有什么区别了。

"我的父亲受委托担任特殊信使,专门传递各种信息。很快,'无止号'就远近闻名,成了执行任务的快速而可靠的航船了。"

小船长又深深吸了一口气。

"我长话短说。有一次,我父亲被派往一个他从未听说过的海岛,任务是从那里取回一只装有重要文件的箱子,然后立即赶回来。

"'无止号'立即起航,可是——突然——在他们航行的第十二天,完全没有预兆地,他们遭遇了一场暴风雪。"

艾莎吃惊地站了起来。

"暴风雪?是冬天吗?"

"这就是奇特之所在。"小船长说,"当时正是盛夏,阳光还十分强烈,可突然就上来一片乌云,下起暴雪来。雪下得太大了,我父亲不得不下令抛锚停船,用帆布尽量把东西都遮盖起来,等待暴风雪过去。"

小船长做了一个较长的停顿。

"暴风雪持续了整整三个星期。三个星期昼夜不停的大雪,三个星期凛冽刺骨的寒风。当时是无法继续航行的,大雪中的视线还不足三米远。我父亲不想冒搁浅和触礁的风险,他就尝试着用意念操纵船,但这时的'无止号'似乎不在他的控制之下。

其他人都躲进了底舱,父亲却一再到甲板上去观察。他想看看自己还能做些什么。他曾告诉我,他有时整天抱住一支桅杆,观察着暴风雪,他感觉到了在'无止号'周围施虐的一股黑恶势力。三个星期以后,突然一切都过去了。暴风雪在一个早上似乎被吹散了,太阳又开始照射,天空又变得蔚蓝。'无止号'船上厚厚的积雪开始慢慢融化。它经受了考验。可是,当父亲回到底舱照镜子时却大惊失色,他的头发变白了,变得雪白,他的面孔也突然变成了一个老人的面孔。"

小船长用手拢了拢头发。

"父亲还是去了原定的岛屿,按照原来的约定,把装有文件的箱子取了回来。但他却变成了另外一个人。从此,人们就都称他为老船长了。"

我们都沉默了。

"而你就被称为小船长了。"艾莎终于说。

"我从出生就是一个奇怪的婴儿。"小船长不好意思地笑着说,"我不记得,我听到过别的称呼,父亲也是这样培养我的。我还是个小小孩的时候,就曾在'无止号'

上做过各种难以想象的恶作剧,有时只用目光就可以指挥航船朝这个方向或者那个方向行驶……在'无止号'上,我感觉自己比在世界任何其他地方都更强大。但我不想老是生活在一条船上,这条船先属于父亲,然后传给了我。我不想作为父亲的影子存在,因此必须找到他。你们明白吗?我必须和他谈谈,好让他理解我。我虽然喜欢'无止号'上的生活,但也想去探索其他的世界,而且不一定非要在水上。"

他望着我们,甚至有些歉意。

我想到了我的父亲。如果真的在飞翔岛上见到他,我会对他说什么呢?说我需要他?说他离开了我们,我很生气?说我现在已经可以自理?说我的母亲此后变得沉默寡言、悲伤不已?

小船长站了起来。

"我不知道你们感觉如何。但我却想再扔一颗魔球做一次新的尝试。"

自从来到"无止号"上,我第一次产生了一种莫名的恐惧。

如果我们找到了飞翔岛,会发生什么事情呢?

我不知道答案。

第八章

音响岛

我感觉到了"无止号"在我脚下均匀的晃动,甲板发着咯吱声。

我们坐在小船长的四周,闭上了眼睛。小船长站在我身边,用一个飞快的动作把魔球抛入海水中。

我期待着。

"无止号"似乎突然在水中刹了车,就好像它也在期待什么。就在几秒钟之内,我又听到了老巴尔塔扎那熟悉的声音:"陆地在望!"他用嘶哑的声音喊道。

我睁开了眼睛。我们眼前水中的岛屿,近得几乎可以用手摸到。看起来它就像是一只巨大的石头蜗牛壳。

它的入口是开放的,"无止号"正朝着这座诱人的洞穴驶去。

"我不认识这个岛。"小船长说,"但它看起来很美。"

"不知道里面是否有人住。"我大声说。

"有这个可能。一切看起来都是这么……平和。"

Die Reise zu den fliegenden Inseln

"谁知道，里面有什么在等待我们呢！"库诺喊道，他的声音很兴奋，"我应该穿上盔甲吗？你们认为怎么样？"

他很高兴，终于会有一场他喜欢的探险了。

"我想，库诺没有必要穿盔甲。"小船长谨慎地说，"我们的动作应该轻一些，不要吓着人家。最好还是不声张地考察一下这个岛，然后再看看到底有什么在等待我们。"

库诺想了一下，然后使劲点了点头。

"我们应该尽量轻一点，轻得最好连我们自己都听不见。"他说。

我在内心里笑了起来。我们的桦树斯坦骑士有时会非常严肃地说出一句令人忍俊不禁的话，别人可千万不要笑出来。

"我想让艾莎先为我们去侦察一下，"小船长说，"我们尽量离得近一些。"

"一块岩石就在附近，没有看到什么危险！"双料巴尔塔扎在桅杆上喊道，"海水很清澈，就像我外婆的菜汤。"

"那我们就可以把'无止号'直接固定到岩石上。"小船长决定，"艾莎先去看看岛内的情况。"

艾莎什么都没说，仔细打量起距离我们只有几米远的小岛。

小岛确实很像是一只大蜗牛壳,就好像是有人把一只小蜗牛放到了水里,然后它在水里长大,最后变成了化石。

"如果里面住着一只巨大的蜗牛,想吃我们,该怎么办?"我问艾莎。我突然为她担心起来。

"那我们就只能希望,它也能像蜗牛一样缓慢。"艾莎对我笑了笑说。我突然有了一种感觉,她似乎在嘲笑我的胆怯。

"或许也有快速蜗牛吧。只是在我们的眼里,它们很慢。你是知道的,另外的时间计算方法!"我有些生气地说。

"还是为我祝福吧!"艾莎一跃从船头跳到我们面前一块平坦的岩石上,无声地落到了上面,然后小心翼翼地爬向洞穴的入口。

小船长平静地望着她,似乎并不担心。看来,他的确十分信任这个优秀的侦察员。

艾莎消失在洞穴入口处。

双料巴尔塔扎把一根粗粗的缆绳绕在一块直立的岩石上。

小船长让"无止号"与岩石保持一定距离,当然是出于安全考虑。对单独在洞穴里的艾莎来说,想回到我们船上,当然就困难了,假如……

艾莎重新出现了。

"一切没有问题!"她朝我们喊道,"我必须给你们看点东西!"

双料巴尔塔扎帮助我们从"无止号"登上小岛。出于安全考虑,他留在船上。没有人——小船长除外——能像他那样控制"无止号"。

我们站到了洞穴的入口处,看来里面似乎没有人居住。

艾莎给我们看通向岛内的一条螺旋形道路。小路两旁的墙壁上闪烁着一些贝壳,就像我过去在海滩上拾到的那些。

"这里看起来好像马上就会遇到一只藏宝箱,里面装满了珍珠和宝石!"走在我前面的库诺小声说。

艾莎突然停住了脚步。

在我们前面的地上,到处都是颜色各异,大小不同的贝壳……这真是一个五彩缤纷的世界。我屏住了呼吸。

"这里或许真有珍珠呢。"过了一会儿,库诺喊道,他想拾起一只贝壳。

"嘘!"小船长抓住库诺的胳膊把他拉回来,"你听!"

我们默默地站在那里,倾听着。我突然明白了小船长的意思。我们听不到声音,我们所能听到的,是绝对的沉寂。

我们所在的地方,是一只石头蜗牛外壳的内部,位于大海中央,但却绝对的寂静,连海水的声音都听不到。

这种完全不习惯的寂静使我感到不安。

"这真是一个不寻常的地方。"库诺有些困惑地说。

我们习惯于总能听到些什么,比如脚步声、笑声、风声、说话声……这种什么都听不到的寂静,让人感到恐怖。

"我拾到一只贝壳。"艾莎轻声说,"你们知道我从里面听到了什么?钟声。"

我看了一眼地上的众多贝壳。它们很漂亮,闪烁着各种光辉。

"是哪只贝壳?"库诺问。

艾莎拿出一只有锯齿边的白色小贝壳,递给了他。他把它放到了耳边。

"我听到了!我又听到了这个声音!每到开饭的时间,我们城堡的钟声就会敲起来!"库诺喊道,"你们明白吗?这是一个信号,一个信息,一封石头信,不管你们叫它什么。有人给我送来了信息,一个只有我熟悉的信息。这就是我的银球!"

他兴奋异常,把贝壳放在大家的耳边听。那明显是敲钟的声音。

"我们也应该看看其他贝壳,最好也听一听。"艾莎提出建议。

在以后的几分钟里,我几乎无法从惊诧中摆脱出来。每一个贴在耳边的贝壳,都会发出令人吃惊的声响。

我听到了小鸟的鸣叫声,啄木鸟的笃笃声;我听到了海鸥的呼喊,鲸的歌唱;我听到了纸张的沙沙声,火焰的嘶叫;我听到了婴儿的笑声和哭泣……每一只贝壳都把我带到另一个场景,勾起我另一个回忆。我听到的每一个音响,都给我一种特定的感觉。

这是一次周游世界的旅行。我觉得自己身处各种不同的角落:我第一次听到海的声音,又听到了火车的轰鸣。

其他人的感觉也和我差不多。

"我听到了弹钢琴的声音。"小船长把一只较大的白色贝壳久久按在自己的耳朵上。

然后他又抓起一只微型贝壳。

"一头海象。"他惊异地说。

艾莎把一只长形贝壳按在耳朵上,然后对我笑了笑。

"你听,"她说,"是一只猫!"

把贝壳里隐藏的所有声响都听完,是绝对不可能的。

"这里就好像是一座巨大的档案库。"艾莎说,"一座声音档案库。一座博物馆,收藏了世界上所有的声音。"

库诺手中拿着可以发出钟声的贝壳沉思着。

"最好还是把它们放回原处,"他说,"或许我们伟大家族的其他成员也会来到这里,他们也需要这些信息。"

他把贝壳放回到地上。

我们又在洞穴里静静地站了几分钟,倾听着那绝对的寂静。然后我们离开了这个神奇的音响之地,回到了救生艇上。

我突然听到了我们走路发出的声音。我们的每一个动作,都会发出很大的噪音。

来到了外面,我才发现大海的呼啸从来没有这样响过,它甚至使我的耳朵发痛。

我们又从岩石上回到"无止号"。

"你们找到了什么?"双料巴尔塔扎问。

"一头海象!"我喊道,"还有一架钢琴!"

"可是还有人说航海相当乏味呢!"双料巴尔塔扎嘶声说着,同时用他那有力的臂膀协助我们四个人回到甲板上。之后,他关注地望着我们。"可是——海象在哪里呀?"

第九章

未名岛

音响岛逐渐在我们的视线里消失,但它却仍然活跃在我们的谈话之中,我们七嘴八舌地向巴尔塔扎讲述贝壳和其中隐藏的声音。

而且我们还从记忆里制造出各种可能的声响出来。我们啾啾叫,我们嘎嘎喊,我们呼啸和怒吼,使得双料巴尔塔扎又惊又喜地捂起了耳朵。

"饶命!"他高声叫道,"我是一个老人。尽管我在你们面前是双料出现,但我仍然无法一下子承担这么多噪音!"

我回头望了望那座石头蜗牛壳,它已经离我们很远,我想起了它洞穴里那绝对的寂静,隐藏着各种声响的寂静……

我决定倾听一下我周围的声音,于是闭上了眼睛。

大海的声音,是我熟悉的使人心静的歌唱。"无止号"就像是一只摇篮,我安详地躺在里面。我听到,木料在说着各种不同的语言,叹息、呻吟和吱吱作响。不知什么东西在有节奏地敲打着船舷,头上的船帆也在风中发出嘎嘎响声。

风在不停地呼啸,我早就习以为常。

有时还能听到海鸥的呼叫,它们来到"无止号"旁边,送来了高声的问候,然后又转过身去,越过海浪去找寻它们的食物。

我常常看到,那长着尖嘴的白头鸟突然冲下蔚蓝色的大海,海水溅起高高的水花,然后就会有闪着银光的东西露出水面——还在扭动的猎物……

一声嘶哑的"陆地在望!"使我吃惊地睁开了眼睛。

我们并没有再次往水里抛出老安德列亚斯的魔球啊!

我转头望着小船长。他和我一样意外。

在我们面前出现了一座海岛。

它由两块巨大的岩石组成,它们并排竖立在水中,中间由一座长长的悬空天桥连接在一起。

可以看到天桥上有帐篷、茅屋和小型塔楼,但看起来所有这些建筑似乎都没有修建完成。同样,那座悬空木桥看起来也好像随时都会倒塌。

我们看不到上面有人的踪影。

一切都是灰色的——岩石、涂着泥巴的天桥和房屋。

"无止号"径直朝这个海岛驶去,越是接近它,我就越是感到恐怖……

到了港口,其实也不是真正的港口,我看到了一段破损的跳板。水中漂浮着大大小小的船只,就像是木头残骸。看起来像是有人开始建造它们,但却在建造过程中突然中断了工作。

在天桥两侧的岩石上竖立着修建一半的塔楼和坍塌的房屋。

然后,我第一次看到了这座怪岛上的居民。他们身上裹着灰布站在天桥上,指点着"无止号"。

"他们对我们的到来似乎并不高兴。"我对站在身边、手中拿着望远镜的小船长说。

"这些人对任何不速之客都会心存敌意。"他似乎对这些岛民很了解。

"这个岛叫什么名字?"我问。

他把望远镜塞到我的手上。

"这是未名岛。"他说。

"是这个岛的名字,还是因为它没有名字呢?"我疑惑地问。

"随你怎么想吧。"小船长回答,"这个岛没有名字,是因为岛民们决定不了它的名字,所以,海员们就叫它

'未名岛'了。如果人们愿意,这也可以是它的名字。"

我还是不能理解他的意思。

"可是,岛民们为什么决定不了它的名字呢?他们不是可以随便给它起个什么名字吗?叫双岩岛或者……天桥岛,这并不是很难的事情呀!"

"他们不能做出决定,因为每一个决定对他们都是一次折磨,因而也就无法做出什么决定了。你回头看一看!他们开始造一艘船,然后又无法决定把它造完,因为他们想,在岩石上盖房子比造船更为重要,于是他们就开始盖房子。先是在左边岩石上盖房子,然后他们又想,把房子盖在右边比盖在左边更好,于是他们又开始在右边盖新房子。然后他们又觉得,最好还是建在天桥上。"

"我明白了,"我说,"他们老是想干点别的,一切都开始了,却又都没有完成。"

"正是这样。他们可以在短时间里决定一件事情,但在下一个瞬间却又觉得,做另外一件事情可能更好一些。他们就是这样生活着,一切都只有一个开端,刚刚决定了一件事情,马上就会对它产生怀疑……"

我用望远镜望去。

"为什么这里的一切都是灰色的呢?"我问,"其实应该是鲜艳的颜色才对呀,他们不是每天都可以决定用一种新的颜色吗?"

"我想,或许有一天会是这样的。但到了那时,他们就又会不知所措了。所以,现在他们不想决定任何一种颜色,因此就保持了与两座岩石同样的颜色。这样就不会惹人注意了。谁也不会说,他们做了错误的决定。这个灰色,或许也是面对敌人的一种保护色。"

"无止号"这时已经接近了未名岛,我们已经可以认出天桥上人们的面孔了。

那都是些疲惫胆怯的面孔。

从近处看,天桥的松散结构显得更加危险。大大小小、宽宽窄窄的木板条用粗细不等的绳子和铁丝胡乱绑在一起,整个天桥似乎都在摇晃。它怎么能够承担那么多的帐篷和茅屋呢?真是一个谜。

"神灵保佑!"站在艾莎两侧的双料巴尔塔扎喊道。

"怎么能如此对待这些好木料呢!你们看看这座桥!那些歪歪斜斜的房屋,一阵小风就会把它刮倒的,更不要说风暴了。至于那些修造一半的航船,我实在看不下去了。难道这些人没有一点儿良心吗!到处都是干到一半的东西!"

"看到这些,我的桦树心都要气炸了!"库诺愤慨地说,"怎么能够让这些好木料就这样毁掉呢?多少木材都被虫咬坏了!这些船,看起来就好像人们忘记给它们穿衣服了。"

我不得不赞同他们两人的看法。

不论是岛民不想做出决定,还是他们同时做出太多的决定,其结果都是很悲哀的。

"这些人看起来是多么疲惫啊,"艾莎轻声说,"这样生活肯定是很累的。"

"如果还能把这称为生活的话!"库诺激动地说。

小船长又讲了一些他所了解的未名岛的情况。不知什么时候,一些海难者来到了这个岛上,他们先是住在一块岩石上,然后又搬到另外一块岩石上,最后他们决定生活在两块岩石中间——就是在那座天桥上。

"他们也无法做出决定是否和我们交谈。"小船长说,"他们为了避免犯错误,却犯下了回避一切接触的错误。说实话,我并不知道是什么把我们带到这里来的,但我相信这不是偶然的,一定有它的理由。"

"无止号"向港口那条残破的跳板驶去。

双料巴尔塔扎跳了过去,把一根粗粗的缆绳固定在一根钉在地上的铁杆上。

港口区没有一个人。没有人来迎接我们这些不速之客,也没有人出于好奇前来围观。小船长说得很对——居民中没有人敢和我们面对。

双料巴尔塔扎表示他最好留在船上。我们其他人跟在船长后面,小心翼翼地上了岸。船长回头看了我们一

Die Reise zu den fliegenden Inseln

眼,就朝一块大岩石走去。

港口的位置恰好在两块岩石中间,小船长决定去右边那块岩石。

连接两块岩石的悬空天桥正好在我们的上方。在一个很短暂的瞬间,我甚至觉得,这个稀奇古怪的建筑随时会倒塌下来,但我还是强迫自己不要这么胆小。这座天桥已经经受了多少风雨的考验,而且有上百人生活在上面——它为什么偏偏要在我们出现在岛上时坍塌呢?

不知什么时候,岛民在岩石上凿出了台阶。碎石和垃圾散布在风雨侵蚀的石阶上面,但我们还是沿着阶梯上到了岩石的中间——也就是天桥所在的地方。

我停住了脚步,看了看对面的另一块大岩石。脚下是台阶尽头和天桥开始的地方。艾莎轻盈地走在我的前头,爬台阶对她来说根本就不费什么力气。但我的后面,库诺每走一步却都要粗粗地喘气并发出哗啦啦的响声。

"穿着盔甲,人家叫我是易拉罐,"他一边走一边埋怨着,"不穿盔甲吧,咸水又会流进耳朵里,而且还要爬楼梯,我的关节都要断了!是时候了,我们应该找到飞翔岛了,至少不会这样吃力!"

"谁知道呢,要想让飞翔岛飞起来,我们得做多少事情啊!"我转过身去对他说。

"您说得很对,我的朋友!"小骑士喘息着说,"谁知道我们还会遇到什么!"

我们终于爬到了最后一级台阶,天桥就从这里开始。天桥由各式各样的木板条重叠在一起,其中甚至还有一些门板。生锈的铁链固定在一些插在岩石上的铁钩上,到处都用绳索和铁丝拴着。我真的无法设想这座天桥是怎么建成的,它毕竟有三四米宽,百余米长。

当我把脚踏上天桥时,感到了一阵摇晃,一阵轻轻的震动。但走了几步后我发现——不论它是如何建成的——都比我想象的要稳固得多。我们很快就习惯了走路时脚下面的轻微晃动。

桥的两侧密密麻麻地修建了一些岛民的住房——大多是用木板钉成的、歪歪斜斜的低矮窝棚。

人们都坐在这些窝棚和肮脏的灰色帐篷前面,惊恐地望着我们。其中有些人站起身来,好像马上要去拿武器,但似乎又在犹豫。

"他们无法做出决定,"库诺在我后面嘟囔着说,"是否要攻击我们。"

帐篷是用廉价的旧衣服和布料做成的,有几处似乎用的是经过缝补的船帆。

帐篷、房屋和天桥上的木料,都涂着灰色的泥浆,和周围的岩石同样颜色。

岛民们身上裹着灰布,破破烂烂,同样染上了灰色,坐在或站在他们的天桥上,似乎天桥会给他们提供某种保护。

而我们——四个不速之客——就这么走上了天桥。

我发现,岛民们对我们的小木骑士感到十分不安。但他们显然已经看出来,穿着蓝色制服的白发少年是我们的首领。他们偷偷地议论他,我听到了他们喃喃耳语的声音。

我感到,似乎有种难言的恐惧渐渐在心中生起,小船长到底想在天桥上干什么?他要到哪里去?去找谁呢?

就在这一刻,他停住了脚步。我们已经走到了天桥的中间。

他高声对一个站在帐篷前好奇地打量着我们的女人说:

"我们来不是作为你们的敌人,而是朋友。我们是要去一个目的地而路经这里的,这个目的地就是飞翔岛。如果你们中间有人能够告诉我们,或者给我们提出建议,或许你们听到过有关飞翔岛的情况,就请你们给予帮助。然后我们就会回到船上,继续我们的航程。人们都称我为小船长,或许你们中间有人知道我的父亲——老船长。他们是我的朋友艾莎、约纳和库诺·封·桦树斯坦。"

他指了指我们。

没有人做出反应。或许他们根本就没有听懂小船长的话,又或许他们讲一种我们不熟悉的语言。

"我听说过你和你的父亲。"小船长一直望着的那个女人说。

"人们也称你为白发船长,"她继续说,"但我知道的不多,或者说实在太少了。你为什么上桥后就直接到我这儿来呢?"

"因为你的房子正好在桥的中央。"小船长说。

他指了指港口,在那里可以看到"无止号"。

"当我们靠岸时,我们看到港口正好在中间——两块岩石的中间,而天桥也恰好在两块大岩石中间。当时我就想,为了得到一个答案,我必须要到中间的中间去。"

"你很聪明,白发船长。"那个女人说,"但我却无法继续帮你找到飞翔岛。我们大家虽然都有所耳闻,但我不知道是否有人真的见到过。"

小船长转身环视一下周围。

"你们中如果有人知道,我将十分高兴能够了解这方面的情况。"他喊道。

"我们在这里是不愿意回答什么问题的。"一个裹着满是破洞的灰布的男子说,"回答老是会犯错误的。如果让你去左边,可能右边才是正确的。谁能知道,两条路中哪一条是对的呢?我们不想给你指错了方向。"

Die Reise zu den
fliegenden Inseln

"如果你决定告诉我你所知道的一切——那我就可以从容地决定应该做什么和不做什么。这样一来,就不是你把我送向错误的方向,而是我自己的决定。我并不担心做出错误的决定,这至少让我知道了什么是正确的。我更愿意知道两种可能,而不是什么都不知道。"

那个男子认真地听着小船长的话。

"你应该知道,"他犹豫地说,"每次我们在岛上做出了重要决定,都要……出点事情。"

他突然恐惧起来,其他的岛民也都陷入了不安,就好像他刚才说的话会引发巨大的灾难。

小船长注视着他。

"出了什么事?"

"我不能说。"那个男子后退了一步,消失在人群当中。

"但你们如果再不做出重要的决定,"艾莎说,"如果你们想就这样生活下去,在这样一个奇特的朦胧状态中,那么这座岛也不会存在很久的。这座天桥有一天会坍塌,因为没有人敢于重新把它修建起来。你们将不再和别人交流,因为怕说了错话。你们将不会有孩子,你们将没有名分地生活在这个自己也没有名字的岛上。这个过程会很快,一切都将成为过去。"

我还从来没有听过艾莎这样说话。她喘着粗气,对这些不敢冒风险的人感到很气愤。

"是什么让你们如此悲哀呢?"艾莎问,"难道是疲惫?或者是胆怯?"

那个老女人想了很长时间,然后回答说:"是害怕。"

就在这一刻,人群中发出一声尖叫。

在片刻中,这个岛、这座桥突然被浓浓的黑雾包围了起来。

"都趴到地上!"我听到小船长的喊声,然后,我们的周围变成了深沉的黑夜。

第十章

黑　雾

我趴在地上,用头紧紧顶住身下的木板。我感到,天桥在剧烈地晃动。很多人在惊恐中肯定跑回了他们的房屋和帐篷。我听到激动的呼喊和哭泣,但其中却没有孩子的喊叫和哭声!我突然意识到,在这座岛上我根本就没有见到孩子!或许正因为如此,他们才如此注视着我们。这里没有孩子!艾莎阴郁的预言是不错的,岛上将没有孩子——但这个预言却过早地实现了。岛上没有孩子,因为没有人能够决定他们是否要孩子——出于对未来的恐惧。

突然出现的黑暗很可怕。我缓慢地呼吸,只听到自己的喘息。我胸部的起伏使我感到安慰。当黑暗突然降临时,我自动闭上了眼睛,就好像可以用闭眼把黑暗推开……现在我又睁开了眼睛,什么都看不见,周围仍是一片黑暗。似乎黑夜在片刻间就降临了。

"你们怎么样?"艾莎问,"没有什么问题吧?我是不怕黑暗的。"

"我在这里。"我说。但我立即就觉得应该把舌头咬下来。不在这里,我会在哪里呢?

"我就在你后面,约纳!"我听到了库诺的声音。

"我有一个想法,"小船长小声说,"黑暗来临之前,那个女人说的最后一个词是什么?"

"害怕。"我回答,朝着黑暗。

"她说,是害怕。"我说这句话的时候,黑暗似乎又浓厚了一些。

"就是它。"小船长大声说并站了起来。

"诸位,我们不应该害怕!"现在他喊的声音更大了。

"如果我们不躲起来,不趴下,如果我们带着自信做一切事情,那就不会有黑暗降临到我们的头上!"

他几乎在向黑暗怒吼,与此同时,他站着的地方发生了变化。小船长不断说话,声音越来越大,黑雾开始慢慢散去。

"这个黑雾,就是害怕!"他喊道。

"害怕消失了,黑雾也就消失了!你们总是害怕做重要的决定!不要再害怕做重要的事情吧!——那样,黑雾就不会再遮住你们的视线了!这我可以和你们打赌!"

他说得越长,天桥上就越是明亮。看起来,是他的话语驱走了黑暗。

Die Reise zu den fliegenden Inseln

我站了起来。

黑色的迷雾彻底散开,很快就消失不见了。我思考着小船长的话,难道笼罩一切的黑雾,真的是害怕吗?它是从哪里来的?它只是存在于我们的心里,还是客观存在?

那么,刚才发生的到底是什么呢?我确实亲身经历了这场黑暗呀!

难道小船长只是试验了他的运气,就好像魔术师在变戏法吗?我不知道答案是什么,但我感觉到,对这个岛的居民来说却发生了重大的事件。可怕的黑暗来了又走了,只是因为有一个人站出来抵制了害怕!总是阻碍他们做出重要决定的黑雾,是可以战胜和扭转的!如果他们能够拿出勇气去做重要的决定——黑雾或许就会远离他们的。

库诺似乎猜到了他们的思想活动。就在大家进行协商并向小船长表示祝贺时,他对身边的两个男子说:"我在下面的港口看到了一堆好木料。我想,你们应该给下面那些裸露的船骨穿上暖和的衣裳。为什么不把它们造完,然后让它们下水呢?谁知道,有多少鱼群在外面等着你们呢?你们会耽搁很多美味晚餐的!"

男人们开始时还有些犹豫,然后就动身走向港口了。

"不管怎么说,第一个决定已经做出了。"库诺满意地说,"还会有其他的决定跟上来的。没有黑雾。"

一位女岛民告诉小船长,说两年前曾见过一座飞翔岛,在很远的地方。它曾多次出现,总是在同一个地方。女人指向地平线上某一个位置。小船长向她表示感谢。现在他至少知道了我们应该驶往哪个方向。

我们离开了未名岛,它发生了彻底的变化。

和库诺交谈过的两个男子,正在继续建造尚未完成的船只,其他一些人在修补跳板,天桥上也充满了生机。

我们站在"无止号"的甲板上,回头望着那座灰色的岛屿,现在看起来仍然相当荒凉。或许,它很快就会变得认不出来了。

我在头脑里仍然可以看到岛民的面孔。他们是多么的疲惫啊。那是恐惧下的疲惫。

我也很害怕,怕遇见飞翔岛,怕再见到我的父亲。

库诺站在我的身边,咳嗽了一声。

"如果您,我的朋友,像我估计的那样,还在思考黑雾和恐惧,那就请听库诺·封·桦树斯坦一句话:我虽然个子很矮,但我的恐惧同样像一个巨人那样大。就是这样。"

我笑了。

"喏,如果是这样,那我们就不会出任何事了。毕竟

我们身边有两个巨人!"

未名岛越来越小了,最终消失在蔚蓝色之中。

我站在"无止号"甲板上,思考着我们的航线究竟通向何处,感到越来越迷茫了。

第十一章

雕像岛

我已经没有了时间的感觉。我到"无止号"上有多久了?有时我会感到,我们似乎已经航行了许多天。真的是只有几个小时吗?甚至是几分几秒钟?

我又看到我的空无一人的房间,地上铺满了地图。一只装着水的大玻璃碗就摆放在印度洋上,碗中有一颗玻璃球……我的母亲会感到奇怪的。她是不是已经回家,在这个住宅里找我呢?

忘记时间……

而我们所在的位置又是哪里呢?不断地变换,随心所欲吗?一颗魔球扔到大海里——我们立即就到了一个新的充满神奇的地方,是印度洋的一个什么地方吗?或者我应该忘掉所有的名字吗?反正我们所到的岛屿在地图上是找不到的。

忘掉名字,忘掉地方……

前往飞翔岛的旅程并不这么简单,不像我在脚下沙沙作响的地图上漫游世界时所设想的那样。

我把目光转向其他人。他们都站在双料巴尔塔扎身边听他在说什么。老家伙一再指向空中,指向桅杆,而其他人则赞同地点着头。

我见库诺正在指手画脚地跳动着,就好像他在讲什么英雄传说。其他人都笑了起来。

我们其实就是"无止号"上一群特殊的人物。所有的人都以一种奇特的方式使我感到那么亲切,就好像我曾经在什么地方见过似的。

小船长喊着让我们到他的房舱中去,桌子上摆着新鲜的苹果和梨子。

"吃过这个以后,"他拿起一个苹果说,"我们就开始下一轮尝试。到晚餐前我们还有一些时间。"

坐在船长左右的双料巴尔塔扎,看来理解了船长的意思。

"我敢和每个人打赌!"他吼道,"和每个人!我们会成功的。而且是立刻!"

小船长拿起一个魔球,在手指尖转动着。

"我们已经得到了不少有关飞翔岛的线索。或许我们距离它已经很近了,远比我们想象得近。我们迄今所去过的岛屿,对这次航行都很重要。我们登上每一个岛屿都是有理由的。我在最后一个岛上学会了:为了寻找一条道路,我们必须做出决定。我们有魔球,我们有'无止号',而且我们有共同的目标。"

不久,我们又都闭上了眼睛,坐在了"无止号"摇摇晃晃的甲板上,手拉着手,我真想永远这样,聆听着大海的声音,坐在摇晃的"无止号"上。

我闭上眼睛,试图想着飞翔岛和我的父亲。但却做不到。

小船长肯定早已把魔球抛进了海中。

我坐在那里,闭着眼睛,期待着。

突然,"无止号"猛烈地晃动一下歪向了一边。我睁开了眼睛。

"陆地在望!"巴尔塔扎开心地嘶喊起来。

我见到了面前的一个平坦的长长的海岛。

"它是不会飞的。"库诺失望地说。

"它或许会飞呢,"我说,"让我们吃惊吧!"

"无止号"像被一只无形的手牵引一样,径直朝着海岛驶去,小船长用望远镜仔细观察着前面的陆地,说:"这是雕像岛。父亲曾给我讲过。"

"噢,"库诺说,"这听起来让人兴奋。我真想穿上我的盔甲!"

"那不是寻常的雕像。"小船长说。

"那它们是什么雕像呢?"艾莎问。

Die Reise zu den fliegenden Inseln

"活雕像。"小船长继续用望远镜观察着说。

我期待着更具体的解释,但小船长却什么都不说了。

我感到有些不舒服,我无法设想什么是活雕像。雕像,都应该是些用石头雕成的造型,我们在很多广场上可以看到,还有教堂、博物馆里。我并未关注过这些。但还从来没有听说过雕像是活的,即使到了晚上,在街头灯光下,看起来它们的影子好像会动。

这个岛很像是一座人工建造的狭长的大公园,有剪修整齐的花坛,很像是宫殿花园,但却没有宫殿,却有很多白色的雕像。它们都是面对面的,好像有人按照一定的规律把它们摆放在这里。中间用白色石子铺成的道路,是一条长长的林荫大道,但两旁不是树木,而是这些雕像。雕像有上百座,真人大小,站在底座上,它们就是这里的岛民。

雕像用白色的石头雕成,有些地方已经出现了裂痕。它们所表现的是各式各样的人物:有的穿着裤子和衬衫,骄傲地举着一只水罐;另一个手中拿着扫帚;一个雕像是正在干活的磨刀匠;另一个是拿着一卷布料的妇女。或许是为了让人想起某一种活动或职业吧,一个男人在取水,一个女人提着一只篮子。

其中也有孩子,手中拿着皮球,或者拿着石头做成的弓箭。

不管他们是用什么石头做成的,让他们活起来是绝对不可能的。

我听到库诺在我身边骂道:"他们并不动,根本不动。如果他们只是站在一个地方连自卫都不会,我又怎么和他们战斗呢?"

他总是想表明自己是一个训练有素的战士。

好战的库诺·封·桦树斯坦系木头制成,来自"栋梁之材",就像他常说的那样。如果他能够如此生机勃勃和充满活力,那么小船长说的可能也是对的——为什么不能有活雕像呢?

尽管我十分仔细地观察这座岛屿,但我仍然看不到活动的东西。修建这座花园和铺设石子甬道的园丁在哪里呢?

"我们必须仔细看一看这座美丽的花园。"小船长说。

双料巴尔塔扎早已放下锚并把救生艇放入水中。

"我曾听说过这个岛屿。"巴尔塔扎嘶声说,"这里的岛民有些疯狂,但我不认为他们是危险的。为了以防万一我还是留在船上为好,一旦出现了飞翔岛,我会立即发出警报,你们在那边肯定会听到!"

我们划船前往雕像岛。

没有动静,没有人注意到我们的到来。我们划向一条小小的跳板,看起来它好像刚刚修整过一样。

Die Reise zu den fliegenden Inseln

"这里连一座房子都没有。"我刚刚发现这一点。

"雕像一般是不住在房子里面的,我的朋友。教堂和博物馆除外。"库诺友好地拍了拍我的肩膀。

"可是园丁呢?这一切都由谁来管理呢?"我问。

库诺耸了耸肩膀,算是回答。

"你问园丁在哪里,而我则要问,花园的主人——国王到哪儿去了?"

"每个人都是自己的国王,他们站的每个底座就是他们的宝座。"小船长说着停止了划船。

"每个人都是国王。"艾莎沉思着说,"可是——为了谁呢?"

"为了自己,为了别人,为了我们,为了观众。"小船长说。

他谈的是雕像,就好像他们都是活物,有自己的思想,自己的感觉。

我们把救生艇拴在小小的木跳板上。

"我有一个请求,"我们都下了船以后,小船长对我们说,"请对那些雕像礼貌些。这不会有什么坏处的。"

他特别看了库诺一眼。

"我并不反感雕像,"库诺说,"我只是觉得有些乏味。"

第十二章

决 斗

上百尊白石雕像站立在周围,默默地望着我们。

看起来确实有点儿恐怖。为什么要在汪洋之中修建这样一座花园呢?

我们穿过一座高高的石门进入了园区,沿着石子甬道缓慢地从两侧的石雕前走过。

一尊男子雕像手中拿着一封信;一尊女人雕像正在梳理自己的长发;另一尊石雕女人站在一面石镜前;一尊石雕少年摆出一副运动的姿态,正在白石底座上练习倒立。我发现,所有的底座都是一般高。

我们同样默默地在一尊尊雕像前走过,仔细地观察着。

一尊男雕像闭着眼睛,左手放在额头上,好像在思考什么;一尊围着头巾的女雕像正在读一本石书;一尊儿童雕像正在弯腰拾物;一尊少女雕像摆出一副金鸡独立的样子,用一条腿站在那里;一尊长胡子老者雕像疲

Die Reise zu den fliegenden Inseln

急地望着远方,右手攥成了拳头。

我们突然发现有一个底座是空的,本应站在上面的雕像不见了。我听到身后有响声,惊异地转过身去。

只见桦树斯坦家族的最后一名骑士抽出了佩剑,站到了那个空底座上。

"我当个雕像你们看怎么样?"他问道。他举起佩剑,像在战斗中那样刺向空中,接着就疯狂地挥舞着武器和无形的敌人战斗,而且还不时停住,摆出一个姿势亮相。

"我接受你的挑战!"一个愤怒的声音突然喊了起来。

我们前方的一尊男性雕像从底座上跃下,举起佩剑向我们这边奔了过来。

"让开路!"那个男子吼道。他把宽大的外衣和宽檐礼帽扔在地上,原来拿在手中的石头鹅毛笔,顿时掉在了地上。

我们惊吓地退后了一步。

"您想做什么?"小船长问。

"我只是想和这位先生切磋一下剑术,如果您允许的话。"那个男子异常礼貌地说,"他虽然个子不高,但口气和傲气却不小,所以是非常可笑的。我有必要制止他这样做!"

"您的石头舌头看来还不算僵硬!"库诺说着从底座上跳了下来,向他鞠躬行了一个骑士礼。

"您有幸和桦树斯坦家族的一位骑士进行决斗,我的先生。"他和对方一样用异常的礼貌表示,"我能够知道,我的佩剑可以在哪块石头上进行新的磨练吗?"

"哈哈,您可真是个搞笑的小家伙,这我必须承认。"对方回答,同时把佩剑在空中划了一个圆圈,"好吧,人们都称呼我为男爵,在这个称号前面,您可以自己选择一个您喜欢的形容词,请发挥您的想象力吧。勇敢的男爵,聪明的男爵,漂亮的男爵,危险的男爵……"

"我看,最合适的是吹牛的男爵。"库诺插嘴说,"您对此还满意吗?"

"好,我不得不承认,我曾有过比这更好听的名字。但是您呢?桦树还是斯坦(德文中"斯坦"是石头的意思——译注),这就是选择。桦树斯坦!如果您要是问我的意见,那您还是选择斯坦吧。我这是经验之谈!"

"如果您允许的话,我还是留在木头王国。我认为,好木头比坏石头要强得多。"

他向前一跃,佩剑似乎轻轻碰到了对方的胳膊,可以听到轻微的碰撞声。

"好功夫,我的木头朋友,但还没有好到可以对付男爵!"

看起来好像是那个男子突然滑倒在地,但他却利用这个突发的动作向对手的腿部刺去。

Die Reise zu den
fliegenden Inseln

他是用剑面拍过去的,库诺没有受伤,但却立即变得谨慎起来。

真是难以置信!一尊石头雕像,全身上下都是白色的,却像一个真正的男子汉那样出现在我们眼前,而那个木头小骑士,自己也像桦树那样白,两个人手持两把细长而弯曲的古老佩剑,竟然在我们眼前打斗起来。四周是无数的雕像,旁边是蔚蓝的大海,这幅景象真像是一个奇特的梦境。

"我想,现在是应该给我们这位骑士先生一点儿教训的时候了,他竟敢向我们挑战!"自称是男爵的男子说。他迅速向侧旁一跃,库诺的佩剑一下子刺空。就在这一刻,男爵的剑尖恰好刺中库诺的心脏。

一个短暂的抖动,库诺顿时变成了石头。

"他不是很愿意成为雕像吗?"男爵说,并把佩剑拔了出来,"那好吧,我想我可以成全他。可惜他忘记了及时上到底座上去!"

一切都进行得如此之快,我们根本就没有机会进行干预。令我惊讶的是,小船长却异常地冷静。

"我听说过你们,我是说,这岛上你们所有的人。我的父亲给我讲过你们的故事。"

"那就只能是老船长了,如果看看您的容貌的话。"男爵说,并鞠了一躬,"我十分荣幸。"

"您把库诺怎么了?"我突然忍不住问,"您怎么能够这样做呢?"

"这是很容易做到的,激动的年轻人。"男爵说,并朝我的方向也轻轻弓腰致意。

"但请不要担心,这只是我的各种技巧的一次小展示而已。"

"他会怎么样?"我问。

"我将会让他恢复原形。如果他还是喜欢木头,那他会满意的,我想,他也不会记起刚才所发生的一切。魔法会稍微影响一点儿他的精神,他只能理解他可以理解的事情。你们这位骄傲的小朋友不会记起我刚才的伟大胜利!但不管怎么说,这里毕竟还有足够的见证人。"

他指了指周围的雕像。

"但还是让你们的朋友暂时睡一睡吧,否则他就又会抓起佩剑!我们还是别让他再经受失败了。"

男爵的自负和傲慢几乎达到了极致。

但小船长却丝毫不受他的影响。

"我听说过雕像岛,但却不知道它的来历。您能否给我们讲点有关此地的故事呢?"他问。

男爵似乎正在等待有人提出这个问题。

"我亲爱的小船长,您提出了一个很难回答的问题。这个岛的故事?那好,我就尝试简要地告诉你们一些主要的情况吧。"

他摆出一副舞台上演员的姿态。

"就像封·桦树斯坦先生来自一个稀有的家族一样，我们同样属于一个已经灭绝了的种群。我们都是由高贵的石料制成，很久以前，只有在这个岛上可以找到这种石料。现在还能够看到一些当年开采的痕迹，但所剩已经不多了。我们身上有许多人类的因素，因此也可以叫我们为石人，因为我们可以像人一样行动，像人一样说话，甚至像人一样穿衣服，这你们可以从我身上的高级布料上看出来。据说是一位雕塑家造就了我们。由于他还会一点儿魔法，所以你们看：出自他手的雕像都活了起来。据说他当时陷入了创作疯狂当中，连续工作，塑造了上百个雕像以后，就黯然离开了人世。雕塑家死了，但雕像们却活着。岛上的原居民逐渐感到这很恐怖，于是陆续离开了这个岛屿。我们留了下来，继续像过去一样生活。有一天，我们中的一员却觉得这样还很不够。他为自己修筑了一个底座，站到了上面，并宣布，他是我们中最美的。有人嘲笑他，也有人嫉妒他。他还没有离开底座，就有其他雕像跳了上去显示自己，就这样无休止地表演了下去。后来，岛上的所有雕像都为自己修筑了底座，目的就是为了骄傲地显示自己，作为自己的国王。我们被塑造出来不就是为了取悦别人吗？不就是为了让别人赞赏吗?

为了不使底座大小不一而引发争执,我们商定统一的规格,而且上面不记名号、头衔、年代和装饰性的词语。因为要想给人留下印象,只应该依靠雕像本身。

大家很快忘记了村子里每日的工作,都站到了底座上,在阳光下取悦自己和别人。

'我是一尊雕像,出自大师之手!'其中的一个这样喊道,'人生在世,不是为了去打扫垃圾!'一些雕像不仅展示自己的外形,而且开始吹嘘自己的能力。岛上最佳裁缝!最锋利的佩剑!最结实的盾牌!我自己则选择了鹅毛笔,我是一个文人,年轻的朋友!我创作小说、故事和诗歌——而且我还会击剑!当然,我们并不老是站在这里像现在这样。我们娱乐,我们相爱,我们吵架,我们辩论。但站在底座上亮相,却是我们最喜欢做的事情。"

说完最后一句话,他跳上了空底座,向我们高贵地鞠了一躬,然后就突然凝固不动了。

"可是……可是您不是要把库诺从现在的状态中解放出来吗?"我惊恐地喊道。

男爵笑着站了起来。

"只是表演一场幕间戏。"他说,"以便抓住观众的注意力。"

"我们是在大海中间的这样一座孤岛上,"我说,"可能不会有什么客人来看……"

"噢,不要这样说,年轻人!"他打断了我的话,"你们今天已经是顺路来到这里的第二艘航船了。"

"其他雕像为什么不动呢?"小船长问。

"啊,他们都累了,他们今天已经度过了一个热闹的日子。我们把一群海员搞得狼狈不堪,只是为了好玩儿。如果你们的小朋友不跳上底座来侮辱我们,我也是不会出来的。"

"难道你们没有房子吗?"我赶紧问,不想让男爵又为库诺而冲动起来。

"我们住在洞穴里。那是些很安全的栖息地。"

"可是……你们为什么不盖房子呢?"我不解地问。

"房子?"男爵惊讶地说,"人们到这里来,是为了看我们而不是为了看房子!他们想看的是雕像!只有在这里可以看到世界上最著名的雕像!活着的雕像!而不是在世界什么地方都能看到的房子!"

男爵的荣誉似乎受到了很大伤害。

"这里为什么看起来像是一座宫殿花园呢?"艾莎问。

"啊,这是我们园丁的功劳。"男爵指着一尊手中拿着大花剪的雕像说,"他想向我们证明,世界上没有比他更好的园丁了,所以每天都在修整园中的花草……他虽然很烦人,但活儿干得不错。我们这些雕像在什么地方能比在这个宽敞的花园里展示的效果更好呢!人们观赏雕像的时候,需要足够的场地,而这里就有这样的场地。"

"还有一个问题,男爵。"小船长说,"为什么有一个底座是空的呢?"

男爵不情愿地挥了一下手。

"这属于一个女人。她有些发疯,我们称她为发明家。她总是带着自己设计的翅膀站在她的底座上。一尊雕像带着翅膀,实在很可笑。是啊,有一天她的确飞走了。"

"她怎么了?"艾莎问。

"飞走了。"男爵说,"但不是借助她的翅膀。我觉得,她自己的翅膀是不会飞的,是一座会飞的岛把她接走的。他们可能知道,这个女人发明了不少东西,看来他们正在寻找这样的人才。那个飞翔岛停到了空中。"他用手指指上方,"一条软梯模样的东西垂下,一位老年妇女走下来。她们交谈了很长时间,然后两人爬上梯子,那个岛就飞走了。"

"这里经常来飞翔岛吗?"我问。

"几个星期来一次。不过这样的飞翔岛可能有很多,因为它们的样子都不相同。"

他拿起大衣和帽子,在地上又找到了刚才在气愤中抽佩剑时扔掉的鹅毛笔。

"我现在要归位了,去创作我的小说。"他说,"请你们原谅。噢,还有你们这位好战的朋友!我知道。祝你们幸福!"

他用剑尖轻轻点了一下库诺,然后迈着骄傲的步伐回到了底座上。

库诺被点之后全身都瘫软了下来。当他想坐起来时,艾莎扶住了他。

"我这是在哪儿?"他恢复知觉后困惑地问,"我为什么坐在这里?噢,我知道了,我是在这些雕像之间感到无聊睡着了。"

我看了一眼男爵。他站在底座上,手中拿着鹅毛笔,看起来好像又陷入了沉思之中。

"一座飞翔岛曾来过这里,并接走了一尊雕像。"小船长说。

"一尊雕像?被飞翔岛带走?但愿它不要掉到什么人的脑袋上。"小骑士说。

我们要走的时候,库诺在空底座前停住了脚步。

"这个底座就好像是专为我建造的。"他说着想爬上去。

"这里站着无所畏惧的桦树斯坦骑士!"

我抓住他的手,把他拉回来。

"别这样,库诺先生。"我说,"我更喜欢您是木质的,而不是石头的。还是跟我们在一起吧。"

我们划回"无止号",谁都没有再说话。

"当个雕像也很不容易。"艾莎说。

小船长和我都笑了。

库诺望着我们,就好像我们都失去了理智。

第十三章

第二眼之岛

我们登上甲板时,双料巴尔塔扎友好地拍了拍库诺的肩膀。

"我都看见了。"他晃了晃手中的单筒望远镜。

"有什么好看的——除了大海中央那个岛上的一堆雕像。"库诺有些奇怪地说,"我感到特别无聊,甚至都睡着了。我知道,这是不可原谅的,但一个桦树家族的骑士是需要挑战的。我和那些石头雕像能干些什么!他们要想回击我的佩剑,可能得需要一百年的时间!"他抽出了佩剑,向桅杆刺去。

"这棵大树在风中的反应也要比那些大石头敏捷很多!"

他把佩剑又收了回去。

巴尔塔扎朝我眨了眨眼睛。

看来,不要再提岛上的雕像更好些。

库诺刚想去底舱,站在船头的艾莎突然喊道:"一个海岛!就在我们旁边。"

"无止号"就好像听到了艾莎的话——突然停住了。

我看着小船长。或许是他让船突然停下来的。

"我们刚才并没有看见有什么海岛,我是说,除了那座雕像岛。"我说着走向艾莎。

"我们或许刚才没有留意。"小船长沉思着说,"我们过于关注那些雕像了。"

面前这个岛看起来并不很吸引人。

"我没有看见有人——或者其他生物。"我说,"甚至没有栖息在这里的热带鸟类。"

"只有几块光秃秃的石头,在水中突显出来,看上去没有什么特别的,我知道。但我还是要上去好好儿看一看,或许我们能够发现点儿什么。谁跟我去?"

小船长环视了大家一周。

艾莎和我点了点头。

库诺摆出一个拒绝的手势。

"只有石头,只有石头和石头。"他埋怨着说,"亲爱的朋友,如果您不反对的话,我宁愿留在好心的巴尔塔扎身边。"

救生艇把我们带到了灰色的岩石岛上。

海浪冲击着我们面前的岩石,很难把救生艇稳定下来。艾莎和我终于爬上了一块平坦的岩石,我们把粗粗

Die Reise zu den fliegenden Inseln

的缆绳抛到一块高高的岩石尖上,好把救生艇固定住。我朝"无止号"挥了挥手,双料巴尔塔扎和库诺在那里用望远镜关注着我们的一举一动。

这座海岛由无数巨型石块组成,看起来就好像是有人把它们胡乱地搅动了一番,然后留在了这座狭长的灰色岩石岛上。其中的一些石块还有洞穴般的入口。

"你们看到了什么?"小船长在我们首先遇到的三块石头前面问。

"三块高大的巨石和一个洞穴,我们必须进去看看。"我急促地说。

我们面前是三块堆积起来的石头,这是确定无疑的。

"我看见了三块像动物一样的石头。"艾莎说。

小船长点了点头。"我也是。"

我又没有通过考试。我根本就没有仔细看过这些石头。

"三只动物?"我高声问,至少想争取点儿时间。

我逐个看了看每一块石头。艾莎说得很对,一块石头很像是一只乌龟的空壳,另一块是一只蜷缩起来的大狗,现在我甚至看清了它的尾巴。现在看起来,这里几乎是一个石头造型展览。我为什么第一眼就没有看出来呢?第三块石头像是一头骄傲的石头雄狮。

梦幻飞翔岛

"一只乌龟、一条睡犬和一头打着哈欠的狮子。"我说。

"那边还有其他的造型。"小船长说,用手指了指其他大大小小的石块。

一块石头很像一头河马,另一块是一条又扁又长的彩鱼,还有一头长有长鼻子的大象,一只巨大的飞鸟。

"这是什么意思呢?"我问。

"我也不知道。"小船长说,"或许我们在洞穴里能找到答案。"

我们进入了造型为一头懒狮的洞穴。它张着石头大口,就好像正在打哈欠时突然变成石头的。

"沉睡的狮子最好不要唤醒它。"小船长说,然后我们小心翼翼地走进了狮子的大口。

洞穴里面很暗,似乎没有人居住。我摸着石壁向前走。石壁很光,也很滑,就好像有人精心研磨过。我告诉了他们俩。小船长从口袋里拿出手电筒,照了照我的手和石头。

"洞穴是用石头凿成的,然后装修成了舒适的居室。"小船长说,"岩石经过了加工,避免锋利的石片伤人。这可能是很久以前的事情了,现在看起来相当荒芜,但仍然可以看出有人生活过的痕迹。"

他用手电筒的光柱扫射着所有的石头。

"这里没有什么好看的了。"他说,"石狮看来不想披露自己的秘密。让我们到其他洞穴去看看吧。"

在其他洞穴中,同样也没有找到什么痕迹——不论是曾在这里生活过的人,还是在这里避过难的动物。

岛上存在的唯一的动物,就是那些已经被海水严重侵蚀的石块了。

"这很奇怪,"小船长说,"那边是想被人欣赏的雕像,而这里却是我们几乎忽略了的石头动物。"

"但这里的动物不像雕像那样精致。"艾莎说,"我觉得,塑造这些石头的雕塑家是大自然。"

我也曾这样考虑过,为什么这里的动物造型和那些雕像如此不同。不仅是此地的土灰和那边的皓白截然不同,而且这里的造型根本就不愿意被人发现。只是在第二眼,才能看出千百年海风的鬼斧神工。艾莎说得很对,这里是大自然雕塑家的作品。

"请你们仔细观察一下这头狮子,"我喊道,"它看起来难道不像是一位长须长发的老人,张口要对我们说什么吗?我想,这些石头是在和我们玩耍。"

"他们是在和我们的眼睛玩耍,利用我们所看到的或以为看到的。"艾莎说,"对我来说,后面那个是一头大象,可刚才我还以为它是一匹骏马。而那块石头,却突然又像是一只跳跃的动物,虽然我刚才还觉得它是一只展翅欲飞的大鹏。"

现在，岛上各种造型的石头已经数不胜数了，而且越看，它们的数量就越多。

"我们开始时在岛上所看到的，不外乎是一些灰色的不起眼的石头，但现在我们却看见了无数各式各样的造型。这应该引起我们反思，那就是必须怀疑我们第一眼的印象，所以我们应该再次到洞穴里去看看。"小船长说。

我们都同意他的看法。或许我们忽略了什么，或者无法看到，因为我们想找到心中固定的东西。我决定重新研究一下里面的石壁。

我们再次进入懒狮洞穴——对我来说，它仍然还是一头狮子——但我突然看到了石壁上的一些线条。我要来小船长的手电筒，开始仔细观察。现在，我可以清楚地看到上面的图案和符号了。

我叫住他们，指给他们看我发现的东西。我几乎停止了呼吸，因为我看到了一幅绘有"无止号"的壁画！船上甚至还有一个穿盔甲的骑士，而那个站在高塔旁的少年——那不就是我自己吗？

小船长似乎已经猜到了我要说什么，他把手按在我的肩膀上安抚说："这也可能是什么人在墙壁上胡乱涂抹，或者只是一些划痕、裂缝和石头上的花纹，完全是偶然成了这个样子,并不说明什么问题。你所看到的,或许是一艘船,任何一艘船。那个人形或许是我们穿盔甲的朋友库诺,但也可能是任何一个潜水员,穿着一种我们不熟悉的潜水衣。而那个站在高塔旁边的少年——如果那是一座塔的话——可能会讲很多故事,谁知道呢,或许故事中也有你出现。我们看到的这些壁画和符号,或许只是些刮痕、沉积物和影子,墙壁上的这些痕迹,也可能来自一只鸟,在这里研磨尖嘴时留下的。不要看到什么就立即做出结论来。你知道,第一眼可能是错的。"

就在这一刻,艾莎说:"我看到了一座飞翔岛。"

她指向岩石壁上另一个地方,上面也有一艘船,很像是"无止号",船的上方飘浮着一座飞翔岛。

"或许我们只是看到了希望看到的东西。"小船长说,"让我们到其他洞穴再去看一看。"

在其他洞穴里我们没有看到壁画和图案,虽然我们用了很长时间仔细地观察。然后,我们再次进入懒狮石洞的大口。石壁上的图像依然存在。我先前看到的,难道真是一艘船吗?或许是一座飞翔岛呢?是一座高塔吗?还是一个我不认识的拉长了的字母?那是一个小骑士吗?或许是一个从水中冒出来的怪物呢?一个潜水员、海神或者一只不知名的水妖?我所看到的那些图像,难道真的不可能是被腐蚀、划割、破裂的石头,只是偶然显现出来的各种图案吗?我不再自信了。我每看一次,就觉得好像又看到了其他东西。

"我觉得,我们可以离开这个岛了。"我们走出洞穴后,小船长说。

"我们第一眼几乎没有看见什么,第二眼却看见了许多,甚至不知道我们应该相信什么了。"

他用手敲了敲石狮的大口。

"或许我们不应该总是立刻相信我们的眼睛。每一眼都可能是错的,并不是所有的物体都能像我们所希望的那样可以被轻易看透的。"

当我们又坐上了救生艇时,艾莎再次回过头去看了海岛一眼。

"我喜欢这座海岛。"她说,"我要把它叫作'第二眼之岛'。我们看了,我们看到了,但却好像仍然什么都没有看到。我们突然发现了什么——整个观察还得从头开始……"

我们划回了"无止号"。

我再次转身。我所能够看到的,只是一些从水中冒出来的不起眼的土灰岩石。

第十四章

正确的关键词

艾莎报告了我们在"第二眼之岛"上的经历。库诺和双料巴尔塔扎用心地倾听。

"谁知道我们一路上都看见了什么。"库诺叹了一口气说,声音里带着一丝埋怨。

"可看的东西还有很多呢。"站在库诺身边的双料巴尔塔扎嘶声说。就在这时,只听"噗"的一声——"无止号"上就只剩下一个巴尔塔扎了。

"怎么又来了!"他跺着脚吼道,然后用目光寻找我。我知道他是在向我求助。

"别撇下我不管!"他恳求道,"请再说一个正确的关键词吧!"

巴尔塔扎来到了我的身边。

"我们能再尝试一次吗?"他问。

他说得很轻,好像不敢再向我提出这个请求。

"我们就再尝试一次。"我也轻声地说。

我闭上眼睛,可脑子里没有出现关键词,而是千百幅图画,一幅接着一幅。我见到了雕像、岩石、艾莎、库诺……

"没有关键词。"我说,睁开了眼睛。

巴尔塔扎摇了摇头。

"你太着急了,慢慢来。"

我再次尝试。

突然我看见了自己正低头在一个笔记本上写什么,我在写,我在写。我清晰地看见了我手中的铅笔。我知道,我在写什么。那是我在"无止号"上的旅行日记。

"铅笔!"我说。

"噗"的一声,两个幸福的巴尔塔扎立刻向我露出了灿烂的笑脸。我被两个人紧紧拥抱了起来。

"等一等,"我说,"老安德列亚斯说过,我就是那个知道正确关键词的男孩。看来,事实的确如此,否则这种双料变化就不会发生。可是,我却不明白这一切。这正确的关键词是什么意思呢?一块奶油布丁或者一支铅笔并不是什么特殊的东西呀?为什么我们不会发生双料变化,比方说艾莎或者库诺或者我呢?同一个人为什么会突然变成两个呢?他又是什么感觉呢?"

我深深吸了一口气,充满期待地望着双料巴尔塔扎。一个长期困扰着我的谜团,或许现在能够得以解开。

还没等双料巴尔塔扎回答,库诺突然喊道:"水中出现了什么东西!"

大家立刻冲向了船头。

有什么东西朝着"无止号"游来。小船长举起了望远镜。

"一个老相识来了。"他说,"但我敢说,他并不是想找我们的。看起来,他好像很着急。"

双料巴尔塔扎也举起自己的望远镜。

"这真是一件高兴的事,"他转向我们说,"一个老相识,其实应该说,是一个年轻的熟人。我觉得,我们应该以最友好的方式欢迎他!我马上就回来!"

他消失在底舱。

小船长把望远镜递给了艾莎,她望了片刻又递给了库诺。

库诺看啊看啊,就是不想把望远镜交出来。

"到底是谁啊?"我着急地问。

"我也不知道。"库诺困惑地说。

他终于把望远镜递给了我。

一只张着黄帆的红色小帆船上坐着一只白猫。它是一只巨猫,我可以清楚地看到它的尖耳朵和带着尖爪的脚。小帆船桅杆上飘扬着一面窄长的旗帜。

"这是谁呀?"我不解地问。

"如果你仔细看看这只小船,你就会找到答案!"刚刚又回到我身旁的双料巴尔塔扎摇摆着一面小旗喊道。

我仔细观察这只船。只见船帮上刻着三个字母!

"怎么样?"库诺好奇地问。

"一个M,一个A,一个X!"我说,"MAX。这只船叫马克斯,或许也是白猫的名字。可是,一只巨猫在大海中的一只小船上干什么呀?"

"他不是猫!"双料巴尔塔扎嘶声说。

库诺从我手中拿走望远镜。

"这只猫是一个男孩。"他看了片刻说。

"正是!"双料巴尔塔扎开心地说,"一个还不想睡觉的穿着狼衣的男孩。"

艾莎冲我笑笑。"马克斯这个名字对你没有什么意义吗?你想一想巴尔塔扎的愿望,必须回家吃晚饭……"

我突然知道了。

"就是你爱书中的马克斯!"我对双料巴尔塔扎说,"这是书中的那个小野孩……"

巴尔塔扎满意地点点头。"正是,我的朋友。我们的道路有时是会相交的。马克斯经常到海岛去找他的野朋友玩耍。他在睡觉之前,很愿意做这样的旅行!"

那只红色的小帆船已经越来越近了,现在可以看到船上是一个穿着狼衣的男孩。帆船行驶的速度相当快,

Die Reise zu den fliegenden Inseln

尽管这时感觉不到有风,黄色的小旗却在桅杆上飘动着。

当那只小帆船同我们保持一定距离并从我们旁边驶过时,双料巴尔塔扎挥舞起一面自制的小旗,上面用很大的字母写着:"一路顺风!"

马克斯挥了挥手,做了个鬼脸,并在船上疯狂地跳起舞来。然后他突然停住,笑着抱住了桅杆。

"他是去找那些野朋友!"双料巴尔塔扎说着也摇晃着大笑起来。

"在去的路上他总是做出一些令人难以置信的动作来,但返程时他已经饥肠辘辘,我知道,他也在期待着晚餐了。"

他挥舞着他的小旗,我们也都挥着手,直到红色小帆船远去,最后只剩下了一个小红点。

其他人都回到了底舱。

双料巴尔塔扎把小旗卷了起来,正想走的时候,我挡住他的去路。

"正确的关键词到底是怎么一回事?"我问,"我想知道,毕竟我也参与其中。这个神秘的双料变化到底是什么?从什么时候开始是这样的?它与我又有什么关系呢?"

双料巴尔塔扎叹了一口气。

"这其实没有很多可以解释的。有一天——这是很久以前的事情了——老船长和我带着几个人再次登上航程,为了把他们从一个岛送到另一个岛去。途中突然出现了风暴,'无止号'被巨浪抛上了空中,就像是坐过山车。老船长和我以及其他海员,我们开始时根本不知道应该抓住什么。我们在甲板上滚来滚去,海水从四面八方向我们冲来。我们抱住了一只大木桶,这时老船长在我身边说:'我真希望你是双料的,那样我们就不必再害怕了。'然后他又嘟囔着什么'尿泡泡,屎团团!让我们快过关'!

然后,'噗'的一声,我就变成了双料的!你能够设想吗?我仍然是那个好心的老巴尔塔扎,还是那颗心,还是那个脑子,还是那个声音,只不过突然有了两个我了。我甚至可以同时做不同的事情。一切都变得轻而易举了,因为是两个人同时做事。真是很开心啊,尤其是在危急时刻,增加一个人手是很有用的。"

"老船长骂了几个字,你就变成双料了吗?"我疑惑地问,"就这么简单?"

"就这么简单。或许是那句'屎团团'或者是'尿泡泡'起的作用。我不知道。后来再说这两句,也就没用了。我后来才发现,每次都需要说出另外的关键词才能奏效。而且只有少数人知道正确的关键词。相信我——我

自己做过很多试验。"

"你自己不能说吗？"

双料巴尔塔扎摇摇头。"正是如此。我本来希望这次航行能够遇见老船长，这一切都是由他开始的，他知道正确的关键词。他说过，我们总会找到那个关键词的。或许他现在已经知道了。那是一个有魔法的词。"

"那你是怎么知道，我知道这个关键词呢？"

"是老安德列亚斯说的。有一次我到他的店里去，他向我讲起了你。你那时刚刚从他那里回家。老安德列亚斯看着你的背影说：'这个男孩也知道。他知道那个关键词，这我能感觉到。'"

我吃惊地望着双料巴尔塔扎。

"他是这么说的吗？"

"他就是这么说的。他说，我们下一次航行，你也可能参加。"

"原来他知道，我们大家会共同去寻找飞翔岛。"

"他不仅知道——他也替我们规划了这次航行。他给了每个人魔球，并要求小船长和我在'无止号'上等候你们。他希望你们参加，艾莎、库诺和你。"

我还是没有完全弄懂。

"可是，为什么要我们一起航行呢？"

"因为我们有一个共同的目标，因为我们可以互相帮助,因为共同航行会更容易些,一旦有人在途中失去了勇气……"

"我根本就不知道,我是否真的愿意找到飞翔岛。"我说。

"让我们有意外之喜吧。"双料巴尔塔扎嘶声说。

我茫然地点了点头。"我们真是一群怪人,正在进行着一次奇怪的旅行。"我轻声说。

双料巴尔塔扎开心地窃笑起来。

第十五章

反差岛

"无止号"越走越快,可从我们头顶的帆上并没有看到有风的迹象。我正想询问双料巴尔塔扎这意味着什么的时候,船的速度突然慢了下来。

"我们现在又慢了些。"我说,"是不是小船长操纵的结果?他是否让船对准一个固定的目的地?"

"噢,这很难说。这艘船有时会自行其是的。一切皆有可能。"双料巴尔塔扎说。

"无止号"又开始快了起来,但我却始终感觉不到有风。

小船长、艾莎和库诺来到甲板上。

"你们两个躲到哪儿去了?"艾莎问,她手中玩弄着巴尔塔扎的那面小旗。"是不是又有老相识来过了?"

我摇了摇头。

"这倒不是,但'无止号'却有点儿发疯。它每几分钟就变一次速度,有时很快,有时又很慢,而且风一直是静止的。"

"这和我没有关系!"小船长宣誓般地举起了胳膊,"这可能是我们进入了不同的暗涌造成的。我有个想法,或许那可能是真正的原因。"

"我也有点儿感觉。"双料巴尔塔扎嘟囔着说。

"无止号"这时又加快了速度。突然,它出乎意料地停了下来,结果库诺和我都失去了平衡,摔倒在坚硬的甲板上。当我想站起身来,库诺又要开始他关于长途旅行危险的长篇大论时,艾莎轻声说:"你们看看前方!"

一座海岛从水中冒了出来,就在距离我们不远的地方。

开始时,我还以为是看到了两座岛屿,但实际上它是一片狭长的陆地,由两个完全不同的部分组成。一半是没有任何生气的荒漠,只有黄沙和碎石;另一半却好像是大自然建立的一座伊甸园,草木茂盛、繁花似锦,犹如一座五彩缤纷的热带雨林,看它一眼,就会觉得似乎能听到鸟雀齐鸣和瀑布奔腾的声音。

"同一个岛上怎么能够如此不同呢?"我大声地自言自语道。

"我认识这个岛。"双料巴尔塔扎嘶声说。

"这是反差岛!很久以前我来过这里。老船长曾在这里抛锚靠岸,想下去看一看。我觉得,我们的老船长也感

Die Reise zu den fliegenden Inseln

到很奇怪。"

"现在该轮到我们了!"小船长说。"谁有兴趣跟我一起去散步?"

库诺首先举起了手。"但必须穿上盔甲!"

小船长点了点头:"批准了。"

艾莎和我同时向前迈出一步。

"我明白了。"双料巴尔塔扎笑着说,"你们已经等不及了。我很愿意留在'无止号'上值班。谁知道呢?或许我们需要尽快离开。好了,开始行动,伙计们!"

我们把救生艇放入水中。

库诺去底舱穿他的银盔甲。过了一会儿,他又稀里哗啦地来到了甲板上。

"巴尔塔扎!快拿油壶来!"小船长故意严肃地喊道。

"别碰我的木头身体!"库诺说。

他警惕地望着用小油壶给盔甲上润滑油的巴尔塔扎。

库诺终于上了救生艇。上船时他差点儿掉进水里,多亏艾莎和我及时拉住了他的胳膊。

我们向这个奇怪的海岛划去——巴尔塔扎称它为反差岛。我们决定驶向它的中部,就是两个不同的部分接合的地方。

"我父亲曾给我讲过这座海岛,"小船长说,"我觉得,我们应该有点儿思想准备。不管发生什么事情,最重要的是要保持冷静!"

他看了库诺一眼,但库诺还在集中精力准备他的弹弓。他的心里好像正在进行一场厮杀。

一阵刺耳的喧嚣从海岛的绿色部分传了过来,另外一部分却仍然笼罩着恐怖的寂静。一块木头跳板长长地伸进水中,尽管在附近看不见一艘船只,但各种迹象都表明,这座岛上是有人居住的,或者曾有人居住过。

我们把救生艇拴牢,一起帮助库诺上岸。他一走动,盔甲还是有些哗哗作响,但至少在一公里之外不会有人听到。

我们终于都登上了木跳板,缓慢地向岸边走去,但却看不到一个人。这条跳板似乎就是海岛两部分的分界线。

小船长刚刚走到跳板的尽头,突然传来了一个奇特的嗖嗖声。就在这一瞬间,一支长箭飞了过来,重重地射进我们脚前的跳板上。箭用竹子制成,装饰有彩色的羽毛。我们惊恐地向后退了一步。

库诺立即举起他的弹弓。

"该死的木料场!"他高声骂道,"这真是个特别的欢迎仪式!"

"弓箭手快出来!"库诺高声喊道,"我这里有上好的

弹弓,我会向你们展示我的高超技艺的!"

又一个嗖嗖声,算是回答。

第二支箭同样射在跳板上,钉在那里还在不停地抖动着。

"都坐下!"小船长命令,把正要向前冲的库诺拉了回来。

"难道让我们变成箭靶吗?"库诺气愤地说。

"我更愿意做另一种游戏!"

"应该让他们看到,我们不是他们的敌人。我们只是想和他们谈一谈。"小船长冷静地说。

这个命令也使我感到意外。按我的想法最好是躲起来,或者跑上救生艇,立即返回"无止号"。正在我考虑应该怎么办的时候,突然从树丛后面走出来两个奇怪的身影。

一个很高很瘦,几乎全身赤裸,腰间缠着一块布,手中拿着一张弓,背后挂着一个插满箭矢的窄长容器。他的面孔涂着红色图案,灰白的头发剪得很短,从远处看,就好像是秃头。他阴郁地向我们这边望着。

他身边的另一个男子却恰好相反,又矮又胖,有着一头鬈发和一副和善的面孔。他穿着一身白色长袍,一直拖到脚上。

"请你们原谅我的朋友!"他喊道,并弓了弓腰,"有人喜欢使用武器,有人喜欢使用语言。世界到处不都是这样吗?"

"正是如此!"小船长说着站起身来,"我们正在寻找飞翔岛,今天从这里经过。一路上,我们学会了好奇,每次突然出现一个岛屿,我们都要停下来看看。或许有人需要我们帮助,或许我们会得到有益的建议。我们不是敌人,而是很快就继续旅行的客人。"

"如果是这样,我们对你们表示欢迎。"白袍男子说。

"但你们最好还是留在原地不要动。因为我把你们看成是朋友,可其他人或许还是把你们当成敌人。我们喜欢这种反差。我敢肯定,我的这位朋友很想用箭把你们射穿。"

他身旁那个眼神阴郁的瘦男子点了点头。"就是这样。"他嘟囔着说。

"敌人——朋友。热带雨林——荒芜沙漠。你们已经看见——我们有自己的法则。有人睡在帐篷里感到很舒服;有人留在外面,整夜都在露天中,他们担心看不见进犯的敌人。有人终生留在树上,这样他们就不会在地上出事;另一些人,从来就不爬树,他们害怕爬高了会掉下来,把脖子摔断。我欢迎你们,但我的这位朋友却想把你们当作猎物带回家去。这就是这座喜欢对立的反差岛的生活状态。或许你们曾经听说过……"

"是的，我们听说过！"小船长喊道，"可是，您的朋友既然这么喜欢把人当作猎物，那他为什么不伤害您呢？"

"大家都说，对立是相吸的。我不会伤害一只苍蝇，可我的朋友却不同。我有时也需要他的帮助，比如请他从树上直接为我的餐盘射下一顿晚餐；而我的朋友有时也很高兴，如果我保护他不去参加一场对他不利的战斗的话。这里就是这样：每个人都在寻找自己的对立面，找到后就成为了朋友。我们肩并肩在一起，就能够渡过一切难关。"

"可这个岛为什么一边如此富饶，而另一边却是荒漠呢？"

"这里的天气和我们一样疯狂。一边富饶丰茂可以生长一切，而另一边却寸草不生。这边的热带雨林越来越繁茂，而那边却找不到一根草梗。甚至岛的四周也都不寻常，潮涌不断发生变化，鸟儿的鸣叫有时响得让人耳聋，有时又整日没有声音，让人觉得，好像它们受到了侮辱，而现在它们又永远保持沉默……但是，在一个岛上存在反差极大的两个世界，也有它的好处。我们需要反差，如果我忍受不了太多的绿色，就可以到那边去住几天。如果我想听听寂静，那我就知道应该到什么地方去。知道这个岛有两边，是个很好的事情。"

"都有谁在这里生活呢？"我问，"你们都是什么人？

是海员吗？"

两个男子向我们走近了一些，小个子男子在距离我们不远的地方坐到了沙子上。

"我们是各式各样的人聚集在一起的群体，"他说，"都是从地球各个角落来的旅行者。有意思的是，只有找到一个对立面形成反差，才能够最后在这里定居下来。就像是岛上的两个部分一样，荒芜沙漠和热带雨林——我们就如同天平的两端，两边的存在就造就了平衡。"

"你们之间从未发生过争执和战争吗？你们是非常不同的呀？"

艾莎似乎不太相信岛上会有和平。

"到目前为止，一切都很好。但谁又能预见未来呢。这也是我为什么劝你们不要去岛上考察的原因，某些人可能会觉得受到了威胁。"

"我们是不想惹麻烦的。我们只有一个问题：你们在这里看见过飞翔岛吗？"小船长问。

"我们当然听说过这样的飞岛，有时也有人能够看到它们在附近的水上飞翔。但我很容易头晕，从来就不关心高空发生的事情。一个浮在水面的岛屿对我就已经足够了。我不必坐这样的岛屿四处乱飞。据说，有很多科学家和学者生活在上面。"

小船长点点头。"我也听说过。"

"不久前我曾见过一个穿盔甲的骑士,就像是你们中间的那位。"男子指着库诺说。

库诺立即跳了起来,那个裸身勇士闪电般举起了弓箭。

"您在说什么?"库诺激动地喊道。

"有一个木排在我们这里驶过,我看到木排上有一位像您一样的骑士。"白袍男子喘息着站了起来说。

"木排去了哪个方向?"库诺问。

"朝着日出的方向。当时正是早晨,我睡不着,出门在附近散步。就在这时我见到了那个木排。这里常有穿着闪亮盔甲的人经过。"

库诺顺着跳板跑回了救生艇。

"我们必须快走,船长!"他喊道,"附近肯定有我这样的骑士,我们不能再浪费时间了。"

"看来,我给你们带来了好消息。"白袍男子说,"我很高兴。但我担心我的这位朋友已经有些不耐烦了,他现在必须去打猎。你们已经知道——为了我的晚餐。我祝你们一路顺风!"

"谢谢您介绍的情况。"小船长说,"我祝您在反差之中万事如意!"

我们回到救生艇,库诺正焦急地等待着我们。

"真是个奇特的海岛。"我深吸了一口气说。

一支箭射中了我刚想递给艾莎的船桨,把它打落在地上。

我们回头望去。

那个裸身勇士,正向我们胜利般地挥手致意。

艾莎赞赏地点了点头。"真是神箭手!这可能就是他和我们辞别的方式。"

"至少他并不想射中我们。"小船长笑着把箭折断,接过船桨。

"现在我们可以像箭一样快了。来吧,我们必须离开这里。"

我们朝"无止号"划去。

双料巴尔塔扎帮助我们登上甲板。

"我给你们一个惊喜!"巴尔塔扎开心地说,"我们有贵客来访。"

在我们面前站着一位白发老者。他身着一身蓝色的船长制服,手中不自然地旋转着他的帽子。

"欢迎上船!"小船长说着,同样摘下了自己的帽子。

然后,小船长和老船长同时把帽子高高地抛向空中,欢笑着拥抱在一起。

第十六章

老船长

我们坐在老船长的房舱里。

"我真是不敢相信。"他一再说,并不断地看着他的儿子和双料巴尔塔扎。"我在这个海区到处航行,就是为了能够找到你们。他们计算了千百次都表明,我应该在这里碰碰运气,但一直没有结果。可是,'无止号'却突然出现在我的鼻子前面,而且船上竟然是我的老搭档巴尔塔扎,他告诉我,我的儿子也在不远处。你们毕竟收到了我的银球。"

"是谁告诉您,说我们可能在这里?您说'他们计算了千百次都表明'是什么意思?"艾莎全神贯注地望着老船长。

"我是说拉普达,即飞翔岛上的科学家们。他们最乐意做的,就是整天疯狂地计算、规划和测量。现在你们看到了,计算的结果到底是什么——我之所以能够找到你们,是因为我干脆乘坐我的自行岛随意游荡。没有地图,没有规划,没有计算。"

我的脑子里一切都旋转了起来,拉普达,飞翔岛,不断计算和规划的科学家,还有一座能够自己航行的海岛……

我干咳了一声。

"您曾在拉普达上?在飞翔岛上?"

老船长点了点头,思忖着打量着我。

"是的。我甚至生活在这个倒霉的岛屿上,它常给我带来很多麻烦。幸运的是他们需要我,因此我就有不少自由。只要有可能,我就坐在我的岛上,然后把它开走。"

"您上一个岛——然后就开走?"

老船长点点头。

"我不知道我的儿子是否给你们讲过,我可以用意念操纵'无止号'。我只要集中精神,想着一个固定的方向,船就会升帆启程。我还逐渐学会了控制它的航行速度。这是一种特异功能,我自己也无法理解,就像我从来没有弄明白,我们的朋友巴尔塔扎为什么能够变成双料的一样,只要有人知道那个关键词。"

他深邃地望了我一眼。

"巴尔塔扎告诉我,你就是知道那个关键词的男孩,所以你也是具有特异功能的人。或许在这方面和我一样,你也不知道这种特异功能是从哪里来的,我说得对吗?"

我赞同地点点头。"正是这样。它有效用,但我不知道为什么。"

"在我身上也是如此,"老船长说,"突然我就可以按照我的意愿操纵'无止号'了。我也可以用某个词汇帮助巴尔塔扎变成双料。是啊,我现在甚至学会了操纵一个岛屿,在空中或者在水上。我就是飞翔岛的舵手。"

他用双手捋了一下白发。

"可是,我尊敬的老船长,您目前在这里,而那个神秘的飞翔岛又在哪里呢?难道它可以随意飞翔在天空和地面之间吗?没有舵手,也没有目标?"库诺担心地问。

"您想到哪里去了,骑士先生。"老船长说,"我培养了一名年轻的舵手,他随时可以代替我。而且拉普达岛上的技术条件很先进,可以毫不费力地转换到自动控制上去。我只需要站在附近,以防发生特殊的事故。此外,我的自行岛还不断发射拉普达可以接收的信号,我可以在瞬间被发现并被接回去。但是——我已经说过——我很高兴,还能够为自己做点儿事情。上面那些人,除了个别的以外,我不太想和他们说话,因为毕竟是他们把我从儿子身边骗走的。尽管他们一再保证放我回来,但那是没有归路的。"

长得极像他父亲的小船长,只是静静地聆听着这一切。

"你在海上乘一座岛到处航行,并且找到了我们,那到底是一座什么样的岛呢?"

"我的自行岛?你们可以去看一看。我已经用绳索把它固定在'无止号'上了。它很小,上面只有三四棵树和几块岩石。就是这么多东西,但这对我已经足够了。这是一个可以像一艘小型帆船那样在海上航行的小岛。我用意念操纵它,有时很费力气,但大多数情况下很有效。开始时,我只能缓慢前进,现在已经可以达到相当的速度了。我坐在我的岛上,思考着问题,观看海浪和云彩,然后就开始航行,就像当年在'无止号'上一样美妙。"

我们让船长父子单独留在房舱里,他们肯定有很多话要说。

那座小岛就漂浮在"无止号"旁边,上面的两棵棕榈树之间拴着一张吊床,在一块岩石旁盖了一栋小竹屋。这个自行岛和老船长看起来很温馨。

但我心中还有很多未解之谜。

老船长知道我父亲的情况吗?他能够帮助库诺找到桦树斯坦家族的其他骑士吗?艾莎又是怎么一回事?我到现在也不知道,她在这次航行中寻找什么?她似乎回避一切交谈。

老船长的突然出现,使双料巴尔塔扎像孩子一样开心,或许他会知道那个自己可以变化成为双料的关键词吧。

我从"无止号"爬到老船长的自行岛,躺到吊床上。

我失去了所有的时间感。我已经从家里离开多久了?我感觉到,一股无名的恐惧又在心头生出。如果父亲突然站在我的面前,我将对他说些什么呢?我真的不知道。

我闭上了眼睛,聆听着大海的声音。

第十七章

自行岛

老船长父子在房舱里逗留了很长时间。

过了一会儿,我听到他们在喊双料巴尔塔扎。他去了底舱,甲板上又恢复了寂静。

库诺在老船长的岛上坐在我的身边。他的盔甲在阳光下闪闪发光。他正在想念家族的其他骑士们。如果反差岛上的白袍男子说得不错的话,那库诺就不是最后一名桦树骑士了。我可以感到,他是在努力思考,不想被人打扰,至少在同老船长谈过之前,不想再和别人说什么。现在,我们大家都知道——如果说有人能够解答我们心中的疑惑的话,那就只能是老船长了,因为他毕竟生活在飞翔岛上,甚至是飞翔岛的舵手,肯定是见多识广的……

艾莎留在"无止号"甲板上,但她同样在思考问题,她想从老船长那里知道什么呢?我一直不敢向她提问题,艾莎使我有一种奇怪的腼腆。

Die Reise zu den fliegenden Inseln

我在老船长的吊床上摇晃着,想着我的父亲和在家等我的母亲,突然发现远处出现一个黑影,看起来就好像海水中升起一个沉重而巨大的物体。艾莎一直在用望远镜望着远方,但她什么都没有说。

然后她就消失在底舱。库诺和我吃惊地看着。我爬下吊床,和库诺一起站到了一块岩石的前面,只用肉眼现在还看不出远处从海中冒出来的是什么。

艾莎和双料巴尔塔扎出现在甲板上,小船长和老船长也跟了出来。

老船长用望远镜望了片刻,然后把望远镜递给他的儿子。

"我认识这个岛!"他说,"我想我们应该立即开船,到那里去拜访一下。"

他向艾莎转过身去。

"对这位年轻的女士来说,这次小小的旅行将特别有意义。"

艾莎严肃地望着他,紧张和不安清晰地显现在她的脸上。

"我们可以乘坐我的自行岛,'无止号'当然也跟上。我们有两个船长,有两艘特殊的航船。好了,谁乘自行岛,谁乘'无止号'?"老船长环视了大家一眼。

"对我们来说,答案是明确的。"小船长朝巴尔塔扎点了点头。

"我们留在'无止号'上,跟在你的自行岛后面。"

"我很想看看,这个岛是如何航行的。"我说。

库诺和艾莎与我同行。

老船长短暂地拥抱了他的儿子和双料巴尔塔扎,然后来到了他的岛上。他从竹屋中取出两捆木柴,放在了几块岩石上面。

"我们先点一小堆篝火。"他说,"我希望它能够冒起烟来,有很多烟雾。我没有灯,也没有号角,所以我就得想另外的办法,为了让人能够看到我。我不想被一个什么轮船撞碎。对了,这里有火石。"

库诺惊恐地后退了一步。

"一堆篝火在这个小小的岛上?您是想置我于死地吗?"

"请原谅,冯·桦树斯坦先生。"老船长说,"我不想让你担心。我们将尽量压低火焰,而且还将留心看好它。艾莎和约纳会做这件事的。您可以帮助我驾驶,您是否可以拿着望远镜到那块小小岩石上去站岗,一旦发现什么异常立即向我们发出警报?"

库诺接过望远镜,显然很高兴能够尽可能远离烟火。

艾莎和我准备好一切,在点火的地方把木柴分层架起来。艾莎很会使用火石，打了几次火，干柴就燃烧了起来。老船长坐在我们旁边的一块圆形石块上，闭上眼睛，好几分钟一动也不动地坐在那里。周围只有海浪声，还有篝火的劈啪声。

突然，小岛动了。就好像有一只无形的手在操纵，它缓慢地在水中行驶了起来。我觉得好像是坐在一个样子像岛屿的木排之上……

我们越走越快。海浪敲打着岩石，海水漫上了窄窄的滩涂，但很快就渗入了沙子中。这个小岛看来相当沉重，因为它行走起来并不怎么摇晃。

我转过身去。

"无止号"远远地跟在我们后面，它在水中看起来很漂亮，还有风中的帆。

艾莎全神贯注地照料着火堆。她从小竹屋里取来木头，用一根长棍疏通着炽热的灰烬，一股浓烟升上了空中。我们行驶得很顺利，很快就发现，我们正朝着一座海岛驶去，它看起来像是由一整块大岩石构成的。

但当我再仔细看时，我差一点儿背过气去！

我们前头的水面上，卧着一只巨型石头黑猫！这座岩石岛酷似一只正在熟睡的猫。

库诺手中拿着望远镜向我们喊道："我不仅看到了一只巨猫，而且还看到上面有上百只猫。"

这时，我们用肉眼也已经可以看到了——黑色的、白色的、花色的猫拥挤在岩石上。它们发现了我们的到来，都在沉睡着的石猫的脊背上集合起来。

老船长操纵着小岛径直向高高的岩石驶去。

"欢迎来到猫岛！"他说。

我们接近了一条小小的木跳板。

一只卧在跳板上的黑猫爬起来，伸了伸腰，好奇地打量着我们。

然后，它就——只是一跃——消失不见了。

第十八章

猫 岛

"黑猫能够带来好运!"老船长说,"白猫当然也是!"

他把一根固定在自行岛岩石上的粗绳索扔给已经站到跳板上的艾莎。艾莎把绳索绑在一根石柱上,然后,轻灵地沿着跳板向岸边走去。

我们正在这座神秘海岛的中部。一条在石头上凿成的陡峭的阶梯,沿着石猫的肚皮一直通向它的脊背。

艾莎转过头来。

"我们等一等'无止号'!"老船长喊道。

只见"无止号"正缓慢地驶来,最后停在了猫岛的前方。过了一会儿,一只救生艇放到了水面。双料巴尔塔扎帮助小船长上了救生艇。

"我的好巴尔塔扎,"老船长喃喃地说,"他从来不离开'无止号'。"

小船长朝着猫岛划来。

库诺准备帮助他靠岸和下船,我走到了艾莎的身边。

"你知道这里等待我们的是什么吗？"我问。

她摇了摇头。

"我看到这里到处都是猫，就和你一样。我很好奇，不知道我们是否也会遇到人。"

"走吧！"老船长朝我们喊道，"我希望你们在上面等我。我已经不习惯爬阶梯了，肯定会比你们慢得多。"

我们开始往上爬。这条在岩石上凿成的阶梯起码有上百级台阶，我们必须步步小心，留神不被绊倒或者在光光的岩石上滑下去。

"要知道是这样，我就不穿盔甲来了！"库诺抱怨说，"其实能发生什么呢？我只看见几只猫坐在岩石上而已。可我还得拖着这个东西爬上这令人头晕的高台阶？"

"你的盔甲应该多上点儿润滑油才对。"小船长说，"哗啦啦地响个不停，就像一支大军前来征服这个山头！"

"这样也好，"库诺喘息着说，"不论上面等待我们的是谁，至少现在就开始害怕了……"

"如果他们看到了我们这副疲惫的样子，他们是不会害怕的。"老船长说。他停住了脚步，摘下帽子，擦着额头上的汗水。"但我不得不说——修这条阶梯的想法确实聪明：这是唯一一条上山的路，谁要是想上来，就必须爬这个没尽头的阶梯。不管来的是朋友还是敌人,他们都可以以逸待劳安静而轻松地等待,而爬完这条阶梯的人却几乎没有力气接着战斗了。这里住着的都是聪明人,这我们不得不承认。"

"聪明人——或者聪明猫?"我问。

老船长笑了。

"两者都有。"他说。

我们终于爬到了上面。往上爬的时候,我尽量避免回头往下看。在一只石猫的脊背上爬行,而且不了解上面的情况,已经够紧张的了,我不想再突然患上恐高症……

我登上最后一级台阶,抬起了头。只见我的前方——在一片辽阔的沙石平原上——有一座村庄。

我看到了帐篷和矮小的房屋,有些地方点着篝火。人们忙碌地来回走动着,根本没有理会我们的到来。

到处可以看见猫,黑的、白的、花的、大大小小的猫都无声无息地在山岩间奔跑着。

一只黑猫挡住了我们的去路。

"我认识你,"老船长友善地说,"你大概就是守卫吧。你能带我们去找可以帮助我们的人吗?"

一个轻轻的呼噜声,算是回答。看上去,这只黑猫似乎在考虑老船长的话。它转过身朝村庄的方向走了几步,又转了回来,在老船长的腿上蹭了蹭,然后竖起尾巴向前走去。

"我想,我们应该跟上它。"艾莎说。

黑猫缓慢地走着,不再理会我们,朝一座位于村庄边缘的大帐篷走去。这是一座用白色旧帆布做成的帐篷,有人在上面画了黑色的斑纹,从远处看去,很像是一张巨大的猫皮。帐篷的入口处挂着彩色的布条门帘。当我们来到帐篷前面时,那只黑猫突然间消失不见了。

"我们最好在这里等候。"老船长说。他向后退了一步,坐在了地上。"我曾听说过很多关于猫岛的故事。所有到这里来过的人都劝告我,要保持友善和距离。这里的人们——和猫——不喜欢在不允许的情况下接近他们。谁可以和他们接触,要由他们决定。"

我们也一起坐到了地上。

过了几分钟,入口处的门帘被拉开了,一个女人和一个男人从里面走了出来。他们光着脚,穿着黑色的长袍。他们肯定已经很老了,脸上满是皱纹,腰也已经弯了。男人手拄着一根拐杖。两人长长的白发一直披到肩头。

"我是基利。"男人微微弓身道。

"人们叫我莫西。"那个女人好奇地望着我们。

"我听说过你们。"老船长说。

我们都站了起来。

老船长将我们逐个介绍给两位老人。

"我的朋友们经历了长途航行。他们有很多问题,希望能在一座飞翔岛上获得答案。不过我想,他们或许能够在这之前就得到某些解答,而且是在飞翔岛之外的地方。我想,猫岛或许就是这样的地方。"

"可能吧。"老男人说,"那就要看是什么样的问题了。"

"您必须和艾莎谈一谈,她从一开始就向往这座岛屿,这大概是我们为什么能够来这里的原因。"

"她可以跟我们到帐篷里来。"基利说,"我会给你们送来食物。莫西和艾莎谈话的时候,你们可以在帐篷外面先补充一下体力。"

艾莎和两位老人走进了帐篷。

"好了,我们可以随便在这里休息一下。"老船长说,"让我们先找几块石头当座位,谁知道他们的谈话会持续多久呢。"

我们在附近找到几块石头,摆成了一个圆圈。

基利拿来了一个篮子,放到了我们中间。

"我们喜欢吃鱼,"基利说,"各式各样的鱼。祝你们吃得开心。"

篮子里面有薄薄的面饼,饼的下面是品种繁多、大大小小的烤鱼,散发出浓浓的香味。我们——库诺当然除外——刚从篮子里拿出美食,立即就被数量众多的猫给包围了。

"你们喜欢吃什么先拿走,剩下的我们分给它们。"小船长说。他提起了篮子,走到我们每个人的面前,然后把剩余的食物放到了一块平坦的岩石上。

众猫似乎在等待这一刻。尽管东西很少不够分配,但它们却没有去争抢。没有分到食物的几只猫自动离去,其余得到食物的猫则坐在石头地上,津津有味地吃着那些美味。

"我想,这里经常有鱼吃。"小船长说,"所有的居民都能吃饱,我还没有见到一只骨瘦如柴的猫。"

基利又出现了。这次他把一只蓝色的大水罐放到了我们中间。

"这是牛奶。"他说,"附近的一个岛上养了很多牛,那是一片绿色而富饶的土地。我们每天都有人乘船过去,把牛奶取回来。开始时我们这里也养了几头牛,但它们早已死光了。这里的土地都是沙石,不能生长多少东西,因此我们主要是捕鱼,数量远远超过我们自己的需要。鱼喜欢水,我们喜欢鱼。我们把多余的海鱼送给我们的邻居,换回我们需要的牛奶。现在,请原谅,我不想对那位年轻的女士不礼貌,也想听一听她给我们讲些什么。"

他躬了躬身又消失在帐篷中了。

老船长把水罐放在嘴边喝了一口。"噢,味道好极了!"他舔了舔嘴唇,想把水罐递给库诺。

"呸,不,谢谢。"库诺惊恐地拒绝,"我喜欢桦树的白色,不喜欢牛奶的白色。"

他站起身来,不安地走动着。

"我真想知道这附近是否有一个骑士岛。不论它是飞在空中,还是浮在水上,对我来说都不重要,我只想知道它是否存在。"

"请镇静下来,缺乏耐心的朋友。"老船长兴致勃勃地咬了一口烤鳗鱼,"不会很久了,这个问题也会解决的。"

他继续吃着鱼,而库诺的表情显然是想立即离开猫岛,去寻找那个骑士之岛了。

第十九章

石 猫

我很想在这座猫岛上四处看看,但我不敢离开集体。老船长显然十分了解这里的习俗,知道应该如何行动。我信任他,不想因举止不当而使大家陷入危险的境地。周围的无数只猫,高高的岩石,基利和莫西那两双深不可测的眼睛——我觉得这个岛是相当恐怖的。

是什么把艾莎带到这里来的呢?她在帐篷里又给两位老者讲些什么呢?

就在我想着艾莎和她对猫的偏爱时,她和基利和莫西从帐篷里走了出来。

"如果你们愿意,我们可以带你们去看看我们的村庄。"莫西说,"我们觉得你们可能会感兴趣的。"

我看了艾莎一眼,她不露声色地微微点了点头。看来,她对刚刚的谈话很满意。

我们朝着由帐篷和低矮的房屋组成的村庄走去。村庄的房屋有些是用木头修筑,有些则是用石头堆砌而成,石块中间用草和泥浆抹缝。屋顶均用木板钉死,看起来很像是来自古老的船只。

"我们都是海员,"基利说,"开始时只有几个人来到这里定居,其他人是后来才来的。看到大海中卧着这只石猫的人,发现这座神秘岛屿的人,谁都想对它有更多的了解。很多人来了,其中一些人留了下来,愿意在这里生活下去。"

"是谁把这块巨大的岩石塑造成一只睡猫的呢?"我在行走中问基利。

他站住了,用手拄着拐杖。

"没有人知道。我原来是船上的医生,有一天,我们的船来到了这座海岛。它当时就是今天这个样子,有人用石头塑造了从远处就可以看到的猫,但却无人知道是什么时候,是谁完成的这件作品!"

"那您为什么留在了岛上?"我们继续往前走着。

走路对他来说似乎很痛苦,所以他一再停下来,用手抚摩着他的右膝。

"我留下来,是因为这个岛吸引了我。这只石猫,像有魔法一般吸引了我。当时在我们船上有几只猫,完全是偶然的,是海员在一家赌场里赢来的。当我向大家宣布我要留下时,他们就把猫都送给了我,并摇着头祝我在这个'猫岛'上好运。从此这个名字一直沿用到今天。"

"您当时只是单独一个人留在这里吗?"我不敢相信。

"就他一个人在这里,甚至相当长的时间。"一直在听我们交谈的莫西说,"他依赖捕鱼为生,后来找到一些野草和树叶,偶尔也有一些水果,有时也可以在岩石上找到一只死去的鸟。

后来有一天,多艘船同时来到猫岛,我当时就在其中的一艘船上。因为船长是我的一个同学,是他邀请我参加这次航行的。这次航行使我很开心,我见到了很多难以置信的神奇的东西,有我不认识的动物,神奇的海滩,只有在梦中才能看到的日落……然后我们就来到了这只神奇的石猫上。一个单独留在岛上生活的男人迎接了我们,他在研究猫的行为和习性,已经写了很厚的专著,都是关于猫的,关于它们之间交流的语言。我被这个男人迷住了,于是决定留在他的身边。还有一些人也想留下来,因为一直在海上航行,在一个地方只能短暂停留,已经使他们疲惫不堪了。其他的船也来了,又有人留下来。我们用破船上的木板盖了房屋,用旧的船帆缝起来搭成帐篷。船员们又带来一些猫,而且原来在岛上的猫也有了后代。事情就是这样开始的。"

"你们的研究工作是什么呢?"我问,"你们研究猫的语言了吗?"

"是的,"基利说,"我们成功地学会了模仿猫的各种声音,它们会立即做出反应。还有些人在研究猫的运动,探讨在这些小小的躯体里蕴藏着多少力量和柔媚。我们可以向这些小动物学习很多东西。"

小船长、老船长、库诺和艾莎走在我们的后面,聆听着我们的谈话。

基利和莫西带我们去了一座白色的帐篷,帐篷上画着一只弓着腰的黑猫。

"从前,人们把猫称为弓腰动物。"基利笑着说,"今天,这个称呼恰好适合我和莫西。但这个帐篷里面却隐藏着更多的东西——谁需要安静,就隐退到这座帐篷中来。有很多人也睡在这里,因为他们说,这个地方有魔力。"

"这些绘画是什么?"小船长问,"看起来是由很多人画成的,每幅画都是不一样的。"

"正是如此,"莫西说,"谁要是做了一个奇特的梦,就在这里或者岛上的其他地方为大家把梦画出来。这是我们相互讲述梦境的方式。你们肯定不会感到奇怪,这些画上大多出现猫或类似猫的形象。"

我逐个观看着我眼前的这些图画。

有一幅画上描绘了一个正在变成猫的人。

"我们还会再回到这里的。"莫西拉起了基利的手,"走吧!我想给你们看看我们的藏书。"

出了帐篷，我们走向一栋就在几步远的小木屋。小屋有些歪斜也很不起眼，我绝没有想到，有人会把贵重的东西放在里面保存。小屋前面摆放着一张圆形石桌和几块可以坐的石块。

基利把门栓推开，打开了门，门发出了咯吱的响声。

"请等在这里！"他说。

我们站在莫西周围，她也在小屋的门前停住了脚步。

基利抱了一摞书走了出来，都是些褐色皮封面的旧书。

"这都是我们的旧航海日志。"他说，"过去我曾在上面记录过我们在船上生过什么病，现在记录的则是我们对猫的秘密观察。"

他把书放到石桌上，我们坐到了桌旁。

这时我才发现，库诺已经不在我们当中。

似乎没有人察觉到他的消失。

我向周围看了一眼，却看不到他的踪影。可他穿着闪光的盔甲是很难逃过他人的视线的呀。

莫西和基利给我们看绘有猫各种姿态的图画，跳跃的猫和行走的猫。但我有些心不在焉，我甚至听不清他们在说什么。我一直在用眼睛搜寻库诺。自从我们在反差岛上听说了其他骑士的踪迹以后，库诺就变得烦躁起来，他渴望遇到其他骑士的梦想实在太久了。基利和莫西突然在我身边咕噜起来，他们发出的声音就像猫一样。我吃惊地望着他们，但他们只是想解释猫的语言。就在他们发出咕噜和喵喵的声音时，大群的猫从各个方向朝小屋跑来。它们用身体蹭着我们的腿，没有了任何恐惧，一只黑猫甚至跳到了艾莎的腿上。这正是带我们来见基利和莫西的那只黑猫。

我实在忍不住了。

"库诺不见了！"我说。

第二十章

骑士的标志

小船长跳了起来。

"可他刚刚还在这里,也不可能一下子在空气里蒸发掉啊!"

"我的耳朵里还响着他盔甲的稀里哗啦声呢。"老船长说,"我敢肯定,在几分钟之前我还听到过这个声音。"

艾莎小心翼翼地把黑猫放在地上,然后慢慢站了起来。

"我知道库诺在哪里。"

她指了指刚才我们去过的那顶帐篷。

"库诺在帐篷里。他肯定发现了什么。我刚才看见,他曾凝视墙壁上的图画。"

"那我们就去问问他吧。"老船长说着也站了起来。

几只猫吓得退了几步让开了我们。

"我们不是这个意思。"老船长嘟囔着说。

我们又回到了刚才去过的帐篷。

果然,库诺正站在一幅壁画前,凝视着上面的图案。

"怎么了,库诺?"小船长问。

库诺好像根本没有察觉我们进来,仍然死盯住他面前的画。

当艾莎走到他身边时,他吓了一跳。

"你们……你们来了呀。"他喃喃地说。

"我们找不到你了。"艾莎说,"基利和莫西给我们看了他们的藏书。"

库诺点点头。

艾莎皱起眉头看着他。"你怎么了?是不是发现了什么?"

库诺再次点点头。

"我确实找到了什么。但我不明白,因为这是不可能的。"

莫西走到库诺身边。

"你在这些图画中看到的一切,既是可能的又是不可能的。人们做的梦,常常是难以理解的,但它却完全可能真正发生过。"

"告诉我们,你在研究哪幅画?"艾莎说。

库诺用头点了点他面前的那幅画。

有人用很少的线条画了一座城堡,到处都是猫,在城墙上、在塔楼里、在城堡门前。

"一座猫的城堡。"我说,"有人梦见了很多猫住的城堡。"

库诺举起右手指向城堡的一座塔楼。

"你们看到这个了吗?"他轻声问。

塔楼上画有一个小小的城徽,而在窗子里可以看到一个骑士的身影。

"这是我们家族的族徽!"库诺说,"一块岩石上竖立着三株桦树。塔楼上的骑士,应该是我们家族的成员。这怎么可能呢?这幅画怎么会在这里出现?"

"我可以向你们保证,从来没有穿盔甲的骑士来过我们岛上,"基利说,"但其他人却很多,从遥远的国度来的航海家、旅行家、冒险家。他们中有些人曾在这顶帐篷中睡过觉,然后把他们的梦境画到了墙壁上。或许有人在旅行中见过这座城堡,然后在梦中再现,但增加了很多猫。这在岛上并不罕见。"

"我们必须继续我们的航程!"库诺说,"我现在第二次得到了信号。这附近肯定还有一座岛屿,那里生活着我们家族的骑士!"

"这也可能是一座飞翔岛。"我看着老船长说。

"有这个可能。"他说,"飞翔岛的数量远比你们想象的要多,这个我们以后再谈。在我们离开这里之前,我想请艾莎告诉我们,是什么把她带到这里来的。我们能够来到猫岛，肯定是艾莎的原因……"

"等上船以后，我再把一切都讲给你们听。"艾莎说，"让我们去寻找骑士之岛吧。我们有足够的时间谈这个问题。"

基利和莫西陪同我们来到陡峭的石阶的起点。

我们感谢了他们的盛情款待。艾莎拥抱了两位老人。

然后就是艰难地下山。我眼睛看着自己的脚和脚下的每一级台阶。我只要一抬头看到下面深处的大海，立即就会眩晕起来。我走在老船长身后，眼睛盯住脚下或者他的后背。每走一步，库诺的盔甲都会发出哗啦啦的响声。

没有人说话。我们终于走到了阶梯的尽头。

救生艇和老船长的自行岛在等待我们。那只我们来时欢迎过我们的黑猫突然又出现了。它从救生艇中跳了出来，舒服地伸着懒腰，打着哈欠。

"它是怎么做到的？"小船长问，"刚才它还在村子里，坐在艾莎的腿上。"

"猫不像我们这样迟钝和缓慢。"艾莎说，"你们没有在基利和莫西的书中看到吗？他们对猫知道得很多，但仍然觉得猫充满着神秘感。"

我们爬上了小船长的救生艇。

库诺陪同老船长上了自行岛。

我们朝"无止号"划去。

双料巴尔塔扎站在船头向我们招手。

"开船啦!"我们走近以后,他高声喊道,并帮助我们登上甲板。

我看了一眼正缓慢接近"无止号"的老船长的自行岛。

"陆地在望!"我喊道。

第二十一章

魔 符

我们坐在"无止号"的房舱中,向双料巴尔塔扎讲述了我们在猫岛上的经历。

"两位老人基利和莫西,我真想结识一下。"巴尔塔扎嘶声说,"他们找到了自己的位置,这并不是每个人都能够做到的。"

"我的外婆你也会喜欢的。"艾莎说,"莫西让我想起了她,她们两个人很相像。我外婆生活在外公盖的一栋小房子里面。外公死的时候——那是在我出生以前很多年——她一直住在这栋房子里。她是一位非凡的女人,我很喜欢她。在她的眼里一切事物都是一个故事,每一个物件,每一件家具,她在任何地方所发现的一切。她喜欢把这些东西编成故事。如果我散步时捡到一块我喜欢的石头,我就会给外婆带去,把它放在厨房的桌子上,我知道她立即就会讲一个关于这块石头的故事了。我能感觉到,到她那里去,要是什么都没有带给她,她会很失望的。我外婆的房子位于一片湖水附近，每次我和父母来看望她时，午饭后全家都要到湖边去散心。一条狭窄的小径沿着葡萄山、经过田野和草原，然后再穿过一片芦苇荡就可以到达水边。我们大多只在星期日去看望外婆。有一次，我们一家在湖边散步时，我在芦苇荡里发现了有什么东西在里面闪光。我过去把它拉出来，那是一条带有挂件的深色皮绳。有人在一块扁平的石头片上钻了一个洞，用皮绳穿过去，就可以挂在脖子上了。石片上的图案是一只黑猫。这显然是一个护身符，我捡起它放进了上衣口袋里。后来，当外婆一个人在厨房里时，我掏出护身符，放到了桌子上。

'这是我找到的！'我骄傲地说。

她从各个角度打量了一下皮绳和石片，然后坐到桌子旁边，并推给我一张椅子。

'你可能不会相信，'她说，'但我确实曾在梦中见过这个护身符。我觉得，你找到了一个具有魔法的护身符。'我熟悉她讲的故事，而且特别喜欢这些故事给我带来的那种舒适的恐惧。

'这就是魔符吗？'我问。

外婆虔诚地点点头。

'是的！'她说，'我可以证明给你看！'

我突然变得好奇起来。'证明？怎么证明？'

'这很简单。'外婆说,'过来帮帮我,把这个魔符挂在我的脖子上。你马上就可以看到会发生什么事情。'

我照她吩咐的做了。

她用左手按住挂在脖子上的石片。

'把猫给我送过来!'她庄严地高声对护身符说。

我笑了。我已经习惯外婆讲的很多故事,但这次却有些过分了。现在她竟装成一个女巫的样子!多亏我的父母没有看见这一幕,否则他们肯定会为外婆担心的。

她站在那里,手中握着那片石头,一动都不动。

'它们很快就会来的。'她说。

'谁马上就会来?'我问。

'当然是猫!'外婆说。就在她说这句话的时候,五只猫悄然无声地走进了厨房。

我简直不敢相信自己的眼睛。

猫们发出咕噜的声音在外婆的腿上蹭着。

'现在你把魔符戴上。'她说。

我把带有白色石片的皮绳挂在脖子上。

我困惑地望着外婆。

'我该说什么呢?'

'你必须用左手握住石片,然后你就可以和它们建立联系了。'外婆平静地说,'或许你根本不需要说一句话,它们就能明白你的意思。'

我握住了石片,闭上了眼睛。我突然觉得那些猫很恐怖。

'你们都出去!'我想,'我想先和外婆谈谈,想对这个护身符有更多的了解。'

真难以置信,猫们居然离开了厨房——就和来时一样悄然无声。

'棒极了!'外婆说,'你看——应验了。'

我飞快地把护身符从头上摘下来,又放回到桌子上,然后后退了几步。

'这个……我不想要。'我口吃地说,'这是个什么魔符呢?'

'我曾梦见过这块石片和这只猫,'外婆沉思着说。她心不在焉地坐到桌旁的一张靠背椅上,没有看她手中的那个护身符。

我把另一张椅子推到她身旁。

'你梦见了什么?'我好奇地问。

'我梦见了一个男人,他生活在一座孤岛之上,周围有很多很多猫。那个男人的脖子上戴着一条皮项链,挂件是一块绘有黑猫图案的白色石片。那就是这个护身符,这一点我敢肯定。'

'你认识这个男人吗?他长什么样子?'

我在椅子上不安地挪来挪去。

Die Reise zu den fliegenden Inseln

'他很年轻、高大,有一副美丽的鸭蛋脸,身穿拖到脚面的黑袍。尽管周围都是尖利的石头,他却光着脚。'

'你怎么会认为,他的护身符是个魔符呢?你看见他用护身符施展魔法了吗?'

外婆点了点头。

'他把石片拿在手上,和那只小黑猫说起话来。黑猫站了起来,离开了帐篷,就好像是听懂了那个男人的话。'

'外婆,你是在讲故事。你认为,我真的会相信吗?'
我突然觉得,这一切都是编出来的。"

艾莎不再说话了。我们静静地坐在那里,惊愕地望着她。

"讲故事可不能突然就停下来呀?"我问,"不要搞得这么紧张来折磨我们,求你了!"

"一般情况下,我是不愿意说这么多话的,"她说,"我宁愿让别人去说。但你们有权知道,我们为什么被带到了猫岛。"

她又停顿了片刻,用手摆弄着她面前的空玻璃杯。

"外婆告诉我,她曾多次在梦中见过佩戴这个护身符的男人,并且每次都是看到他在大海中的一个孤岛上。"

"那个岛和猫岛一样吗?"我问,"那个男人是不是年轻时的基利?"

"是，也不是，"艾莎轻声说，"那个岛就是这个样子，但那个男人不是基利。我问过他。"

"那又是谁呢？"库诺疑惑地问。

"基利告诉了我。但请让我先把护身符的故事讲完。我外婆坚信，我找到这个护身符绝不是偶然的。她要求我戴一个星期，并注意会在我周围发生什么事情。她特别建议我尝试和身边出现的每一只猫建立联系。开始时我有些害怕，觉得这一切多少有些恐怖。但我还是接受了外婆的建议，戴上了护身符。"

艾莎又抓起了那只空玻璃杯，缓慢地让它在平滑的桌面上移来移去。

"后来发生了什么事情呢？"小船长问。

"我发现，在猫中间比在人中间更舒服。"艾莎沉思着说，"只要它们在我附近，我就能够感觉得到。我能感到它们需要什么，是否已经饿了，是否想让人抚摸，或者希望安静一会儿不受打扰。而且它们也知道我需要什么，对待我就像是对待它们的同类。我开始习惯于动作轻盈几乎没有声音，就和它们一样。我突然对周围的喧闹十分敏感，还经常做十分怪异的梦。"

"让我猜一猜，"我打断她的话，"梦到孤岛上一个男人，脖子上挂着一个护身符，就和你的那个一模一样。"

"不，"艾莎说，"我相信，这个护身符是独一无二的。

Die Reise zu den
fliegenden Inseln

只要你占有了它,即使在梦中它也不会再属于别人。是的,我梦到了一座海岛,那只石头巨猫,我梦到了它,而且一再梦到它。你们知道吗?它飘动在水面之上。猫岛是一座飞翔岛!"

"可是……这怎么可能呢!我一句话都听不明白了!"

库诺跳了起来,用双手猛击桌子,桌子发出了破裂的响声。

"我们曾登到岛上,可它显然并没有飞翔在空中。我们确实是爬很多级台阶下来的,我倒是宁愿相信它是个飞翔岛!"

"大家都要保持镇静,我的朋友们,"老船长用他嗡嗡的低音说。在此之前,他一直在安静地聆听。"有很多飞翔岛到了某一天就不能够再飞上空中了。这有上千种原因。有人告诉我,过去飞翔岛的数目是数也数不清的,其中的很多现在已经落到了水面上,并留在了那里。我们看见的猫岛有可能也属于这一类,它似乎终于找到了自己的位置。基利不是告诉过我们,猫岛附近的海域有很多鱼吗?这对一个猫岛来说不是最佳选择吗?谁会知道,一百年、两百年以后又会是什么样子呢?或许它又重新起飞航行呢?"

库诺发着咯吱的响声又坐到椅子上。

"有无数飞翔岛?"他绝望地问,"那我什么时候才能找到我的骑士朋友呢?"

"让我去解决这个问题吧!"老船长向他眨了眨眼睛,"但是,我还是很想听艾莎继续讲魔符的故事。还有,她和基利、莫西都谈了什么。"

"很快就会讲完的。"艾莎说,"我戴上护身符的第七天,就又失去了它,我至今也不知道怎么会发生这样的事。那天下午,我突然感到一种奇怪的悲伤。我用手去抓戴在毛衣里面的护身符,但它已经不见了。我找遍了整个住宅,楼梯上、院子里、花园中,但它就是不见了。但我们家的猫以及邻居的猫,却仍然对我很好,就好像我们相互之间存在着一种特殊的关系。我现在还养着两只猫,有时我会觉得,它们就是我的姐妹。"

"护身符后来一直没有出现吗?"我期待地看着艾莎,"我想,是它把我们带到猫岛上去的。"

"确实如此。"艾莎笑着说,"你知道它在哪里又重新出现了吗?"

我想到我是如何来到"无止号"的。

"老安德列亚斯!"我喊道,"那个护身符在老安德列亚斯那里又出现了!"

"你真的是那个知道关键词的男孩。"艾莎笑着看了看我。

我不好意思地避开她的目光。

Die Reise zu den fliegenden Inseln

"有一次我到安德列亚斯的店里去看他,他的脖子上就挂着那个护身符。是一个男人廉价卖给他的,就是这样。那个男人只是说,他答应过一个女人作为礼物。我给他讲了我在湖边找到这个护身符以后的全部故事。他用心地听着,然后就给了我几个玻璃球,对我说,这都是些魔球,他让我到猫岛去看一看。是的,我就是这样来到'无止号'的。"

她再次朝我转过身来。

"我们几乎是邻居,我住的地方距离你家只隔两条胡同。老安德列亚斯对我说过你。我知道,他也想邀请你上'无止号'共同旅行。"

"奇怪,我们为什么从来就没有相遇过?"我说。

"我们相遇了,至少是现在!"艾莎冲我笑了笑。

我干咳了一声。"我觉得这也很好。"

库诺晃了晃他的盔甲。"可是,谁又是在人们的梦中老是出现的那位神秘的猫王呢?"他着急地问,"如果不是基利——又是谁呢?"

"这我也想知道。"艾莎说,"基利告诉我,他自己也曾有过这样的梦。他在梦中见到的那个男人,是他从未见过面的父亲,他只是看过父亲的照片。他是在基利出生前去世的,在一次海上航行中遇到了风暴。当基利有一天来到猫岛时,他立即就认出了这是梦中的那个岛屿。于是他决定留下来,后来的事情你们都知道了。"

"他后来又见到过他的父亲吗?"我抓了抓脖子问。

"见到了,而且经常见到,但却不是我们想象的那样。他发现了一座具有魔法的环形石头阵。他只要坐在阵中想念他的父亲,就可以和他的父亲交谈。他看见父亲就在眼前,就好像站在他的身边。"

我打了一个嗝。一个石头阵,一个具有魔法的地方……

"我们能够再返回猫岛吗?"我轻轻地问,同时看了老船长一眼。

"我知道一个对你更合适的地方。"他安静地回答,"我将带你去一座石头阵。但现在我必须向飞翔岛的同伴发出信号了,否则他们会着急的。"

他站起身来,拍了拍库诺的盔甲。

"然后我们就去拜访几位穿盔甲的先生们。同意吗?"

库诺十分惊讶,一时说不出话来。他呆呆地望着老船长,然后和双料巴尔塔扎一起离开了房舱。

Die Reise zu den
fliegenden Inseln

第二十二章

飞翔岛

老船长回到他的自行岛上。

我们站在"无止号"甲板上,望着他如何闭着眼睛长时间坐在那块舵石上。他是否已经和飞翔岛取得了联系?

"它马上就到!"他突然冲我们喊道。

"但在这之前我还得和巴尔塔扎说几句话。我有一个主意!"

他把双料巴尔塔扎叫到身边。

"你带上可以写字的东西。这虽然不是一次长途旅行,但你至少得离开一下'无止号'。"小船长说着帮助巴尔塔扎爬到自行岛上。

"可能要发生什么事情。"艾莎说。我们从远处注意观察着老船长和双料巴尔塔扎的行动。只见他们面对面坐着,老船长正激动地对巴尔塔扎讲着什么。巴尔塔扎突然大笑了起来,并在纸上记录下什么。他一边笑一边摇着头,好像根本就不相信他所听到的东西。

"一个谜团接着一个谜团。"我说,"但至少巴尔塔扎觉得很开心。"

两个老朋友又聊了几分钟,然后一起站了起来。两个人看起来都很满意。

"你们又有了什么秘密?"两人回到"无止号"以后,小船长问。

"啊,我脑子里很早就有了一个主意。"老船长说,"我只是想告诉老巴尔塔扎,以防万一吧。"

"正是这样!"双料巴尔塔扎嘶声说,"我们会感到意外惊喜的。"

除此之外,从他们嘴里再也掏不出其他东西了。巴尔塔扎也坚决不让我们看见他在纸上到底写了什么。

"时候一到,就见分晓!"他说,"到时你们会知道的!"

"陆地在望!"手中拿着望远镜的小船长喊道,"它正向我们驶来。"

"什么?"库诺带着巨大的响声跳上一只木箱。"我什么都看不见!"他激动地喊道。

小船长把望远镜递给他。

"一片乌云缓慢地朝我们飞来。"库诺茫然地说。

"那不是乌云——那是一座飞翔岛。"老船长嗓音洪亮地说,"我觉得,现在已经是合适的时间,我应该在它到来之前,给你们讲一些事情了。你们知道,我曾陷入一场奇特的暴风雪,也是它染白了我的头发。我当时已经感悟到,在天地之间必然还有些我们难以解释的现象存在。有一天夜里,船航行在大海中,我睡不着觉,来到甲板看天上的星星。当时海上没有风,'无止号'轻轻地在水中摇曳,却无法前进一步。尽管如此,我还是感到有些不安。突然,一片巨大的阴影遮住了星空,我屏住呼吸。虽然经常听说过这种现象的存在,但我却从来没有亲身经历过。我想,这肯定是传说中的飞翔岛了。它在我的上方停了下来,一条软梯从上面垂下,我明白,他们是想从我这里得到什么。我从软梯爬了上去。爬到上面以后我才察觉,我刚才并没有听见过任何声响,飞翔岛就是这样无声地飘浮在空中。"

"他们马上就要到了!"一直用望远镜观察的库诺打断老船长的话。

但老船长却没有理会他。

"于是,我来到了飞翔岛上。而且还是那座著名的飞翔岛——拉普达,这就是《格列佛游记》中提到的那座会飞的岛屿。这是一座主要是科学家生活的岛屿,他们都是些疯狂的家伙,整日不停地在发现和论证。他们把我召去,是因为他们的操纵系统出了问题。那块巨型磁石出了毛病,本来它的磁力应该正好被地面和水面吸引得飘浮在空中。所有的飞翔岛都有这样一块磁石,用来控制它们的飞行。科学家们观察到了我在'无止号'上的行为,他们知道,我可以用意念操纵船的航行方向,于是就想让我——用我的意念——为他们驾驶飞翔岛。他们说,只需要一个夜晚,到他们把磁石修好为止。是啊,我被这些疯狂的家伙们说服了,答应帮助他们。他们向我保证,天一亮就把我送回到'无止号'上。但他们却没有这样做,因为他们根本就做不到。谁上了飞翔岛,就根本无法回来。它存在于一个很难找到的临界空间。直到今天我还在问自己,当时他们是如何找到我和'无止号'的。我们大家之所以能够相见,只能感谢老安德列亚斯的魔球。你们无法想象,我当时是多么不幸。我没有和儿子告别,也不得不丢下'无止号'。而这一切都是为了那些怪人,他们乘坐在岛上,飞行在空中,而且整日在计算、测量、考核和实验。这座拉普达本身就是一台大型计算机和一座实验室,是一只飞行的实验兔!就是为了它,我却不得不放弃很多!但现在我有了一些自由,我有了我的自行岛,我已经习惯了这样的生活。"

"那么,其他的飞翔岛上又是什么样呢?"艾莎问,"那里的生活也和拉普达一样吗?"

老船长摇了摇头。"每一座岛都是不同的。飞翔岛的数目很多,每座都有自己的特点。这和我们见过的岛屿

Die Reise zu den fliegenden Inseln

没有什么不同,只不过它们是飞翔在空中。不要期待从飞翔岛得到什么答案。有时我想,飞翔岛之所以存在,就是为了尽可能提出更多的问题!他们从各个领域召来专业人员,有科学家、音乐家、建筑师。每个人都带来新的问题。或许我还没有找到可以给我们解答问题的正确的岛。迄今为止,我所听到的只有问题。"

"它来了!"库诺指着上方吼道。

我一直聚精会神地聆听老船长讲话,根本就没有注意飞翔岛的来临。

一块巨型岩石飘浮在海面的上空,这就是飞翔岛,刚好停到了我们的头顶上方。从下面看,就好像有人用一把利刃从一座山上切下了一片岩石,并抛向了空中。

突然,一条软梯从岩石下部一个开口处放了下来,刚好落到老船长的自行岛上。

老船长叹了口气。

"他们又需要我的帮助了。下一个魔球会送你们去一座岛屿,那里还有某些意外在等待你们。那虽然不是座飞翔岛,但这样更好!我们还会见面的!"

他拥抱了小船长,向我们招招手,登上他的自行岛,然后就开始爬上软梯。

到了上面,他消失在一个不显眼的开口中。飞翔岛在空中晃动了一下,然后就像一艘巨大的石头太空船缓慢地远去了。

我们望着飞翔岛越来越小,直到最后在遥远的天空变成了一个小黑点。

我突然想家了,想念我的母亲、我的房间和坐在沙发上度过一个舒适的夜晚。外面很冷,但家里很温暖。

"不要期待答案,在飞翔岛上你只能找到问题。"老船长是这么说的。

我想着我的房间,起居室里的红墙,我想着母亲的笑容。

或许,只有在我不期待的地方才能找到答案。

第二十三章

银盔甲

飞翔岛的来访使我变得深沉了。

小船长举起一颗玻璃球说:"各位,我想,这是我们最后一次海岛研究项目。然后我们就只剩下一颗魔球,准备回家了。你们知道,晚饭在等待着我们。好,让我们上路吧!"

"老船长的自行岛怎么办?"巴尔塔扎问。

"放在这里吧,我父亲会来取走的。"

我又坐到了坚硬的甲板上。

只剩一个海岛了?可是,库诺和他的骑士们呢?我的父亲呢?老船长提到的环形石头阵呢?

只剩下了一个岛……

这句话一直不想离开我的脑海。

巴尔塔扎解开了老船长自行岛的缆绳。我们又围成一圈坐在甲板上。我握住小船长的手和艾莎那只温暖而熟悉的手。我脑海里想的是回家,而不是另外一个海岛。

"好啦!"小船长说,"我已经用特殊的力量把魔球扔进了海水。看这次它会把我们送到哪里去……我觉得,父亲说得也并不完全正确。这里并不只有问题,我同样找到了很多答案。父亲对我很严格,有时我有些怕他。但现在我不再怕了,我们之间什么都可以谈。他知道,我将离开'无止号'去做一些新的尝试,并对此表示赞赏。我很高兴,老安德列亚斯把我送上了这次航行。"

突然,我们听到了一阵剧烈的哗啦声。

库诺站了起来,准备登上可以远眺的木箱。但他脚下滑了一下,身体朝前倒在了甲板上,他的盔甲发出了地狱般的响声。

他气得骂出声来,然后吃力地站立起来。

"干脆把你的盔甲脱下来吧!"艾莎说。

"哈!"库诺说,"我是桦树斯坦家族的库诺,在这无垠大海的中央或许还有很多与我出身和材料相同的骑士。我怎么能只穿着衬衣和裤子走来走去呢!"

"盔甲在望!"那个熟悉的嘶哑声音又响了起来。

双料巴尔塔扎站在船头,指着远处出现的一座岛屿喊道。

"你是说盔甲?"小船长问。

库诺早已来到巴尔塔扎的身边,用望远镜向前望着。

"我们找到了!"他高声喊道,"是银盔甲!难道我应该裸体亮相吗!"

双料巴尔塔扎向我们解释道:

"前面那座岛上,阳光下有什么在闪亮,看起来很像是挂在长杆上的盔甲,这可能是交通指示标志。"

"问题只是,为谁指示。"小船长嘟囔着说。

"这也可能是一个陷阱,有人想诱我们上岛。"

"无止号"径直朝我们面前那个岩石海岛驶去,它由数座山峦组成。

"多么美丽的大海岛啊!"库诺兴奋地喊道,"它是多么壮观啊!"

似乎有人发现了我们的到来。一阵响亮的号角响了起来,突然间上百名身穿银盔甲的骑士出现在山岩上。他们刚才肯定是隐蔽在那里,因为第一眼看时,并没有见到他们。

库诺威武地站在木箱上。

"这都是我们家族的骑士!"他欢呼道,"这样的举止,只能是桦树斯坦家族的成员,所以穿盔甲是有充分的理由的。我们骑士最爱干什么呢?进行一场卓越而公正的战斗!引诱由此经过的船只是为什么呢?为了显示自己!为什么要隐藏起来呢?我们不是胆小鬼!"

他太兴奋了。他终于找到了他的骑士。他不断向他们挥手致意。他的盔甲在阳光下闪闪发光。有几名骑士消失在隐蔽之中,其他人走向长长的伸入水中的木头跳板。

"我到家了!"他轻轻说,甚至有些哽咽。看起来,他似乎正在强忍住泪水。"我敢肯定,你们会在岛上受到热烈欢迎的,因为你们毕竟是我最好的朋友。但我知道,你们前面还有很长的路要走,我不想耽搁你们。"

他跳下木箱,盔甲又发出咯吱和哗啦的响声。

"等一等!"巴尔塔扎喊道。他跑到后面取来一只油壶。"一个小小的告别礼物!"

库诺隔着盔甲拥抱了我们每一个人,真是难为他了。我说不出一句话来。

"我会想念你的!"库诺说。我使劲点点头。

"我送你上岸。"小船长说,"我们还有时间告别。"

"无止号"现在安静地停在那里。只见双料巴尔塔扎帮助库诺和小船长上了救生艇。

库诺向我们招手,小船长把救生艇划向这座骑士岛。跳板上这时已经聚集了很多骑士。

"你们看,多么银光闪闪啊!"双料巴尔塔扎说,"但我以为,不管他们如何高兴,还是会有点儿失望的。"

"为什么呢?"艾莎问。

"因为他们喜欢战斗。他们为此专门诱惑一艘船前来——可是连一场相互用弹弓射击的小小的决斗都没有发生。"

我笑了。

"但肯定会有一场盛大的欢庆活动,搞庆典他们的本事肯定也不比使用弹弓差!"

我们看到,库诺是如何受到了热烈的欢迎,每一名骑士都逐个和他打招呼。

小船长和一名骑士在交谈,然后把一些东西放入了救生艇。

他重新回到"无止号"后,径直朝我走来。

"我为你带来了好东西,约纳!"他说着把手中的一只口袋举起来,里面似乎装着很重的东西。

"里面是什么?"我问。

"石头,"他说,"完全是普通的石头。"

第二十四章

环形石头阵

小船长从口袋里取出大大小小的石块,摆放在地上,在"无止号"甲板的当中,摆成一座环形石头阵。现在我明白了,他想干什么。

"这样的环形石头阵是有魔法的,"小船长说,"而'无止号'也是一艘魔船。否则怎么会用意念和魔球操纵它呢?我其实早就应该想到!我们一直在寻找飞翔岛,其实,在这里,在'无止号'上,我们的愿望就可以得到满足。"

环形石头阵摆完以后,他和艾莎、巴尔塔扎坐在环形石头阵外面的地上。

"你必须坐到里面去。"他对我说,"不要害怕,我们就在这里。你不要着急,慢慢来。重要的是,等你觉得合适的时候再出来。坐进去吧,闭上眼睛,一切顺其自然吧!"

他说得很平静,这使我感到很踏实。我的心虽然跳得很厉害,但却并不像我担心的那样,特别是我根本就没有害怕。还会发生什么事情呢?

艾莎鼓励地向我点点头,双料巴尔塔扎拍了拍我的肩膀。

我坐到了环形石头阵中央的地上,设法使自己尽量舒服一些。然后,我闭上了眼睛。

我听到了海的声音。

我听到了身下木板的咯吱声。

我听到了清风掠过"无止号"的船帆。

母亲的面孔出现在我面前。她正在看手表。她站在一家面包房,抓过一块点心,然后又拿了一块。她的面孔消失了。突然,我看见了父亲,他穿着那件他喜欢的蓝色毛衣,这是他不知在海上的什么地方买来的,手中拿着一本书,那是一本老版本的《格列佛游记》。

我使劲闭着眼睛。

"我无法对你说,我是多么幸福,又见到了你。"父亲的声音还和从前一样。"孩子,你是知道正确关键词的男孩,我真为你感到骄傲!我知道,你找到了通向我的道路。我一直在想念你们。我当时完全没有准备,但谁又能有这样的准备呢?事情发生得那么快,我出了车祸,突然来到一座飞翔岛上,上面还有很多遭遇过灾难的人。他们知道我读过书并知道很多故事,于是就请我给他们讲这些故事。这里的每一个人都是很特殊的。每个人都向其他人展示新鲜事物。我们整日谈论书籍、发明、音乐、动物,以及陌生的星球和无数的飞翔岛——当然也谈论我们一直爱着的人们。我讲了很多关于你和母亲的事情,我告诉大家,只要我知道你们过得很好、过得很幸福,我就会很高兴。在意念里和你们交谈时,如果知道你们很难过,那我就会很难过。从前,我对一切的设想完全是另外一个样子的,那时我还不知道,我们所了解的是如此之少……外面是有很多世界存在的!也包括这里!有一点你不要忘记:只要你们需要我,我一直在你们身边。只要你闭上眼睛想着我,我就会来的。我不会放下你们不管!你现在知道了,你随时可以找到我。"

父亲的影像慢慢淡化,最后消失不见了。

我又等了片刻,但再也没有出现新的影像。

我睁开了眼睛。

第二十五章

回 家

大家充满期待地望着我。

"他过得很好。"我说,"我觉得,他有些奇怪,一切都和他原来的想象不一样。但他说,有很多我们还没有认识的世界,他还有很多事情要做。"

小船长站了起来。

"我们也一样。我们该走上回家的路了。我饿了,晚饭在等着我们。"

我突然感到一种从未有过的舒畅和轻松。父亲出了车祸,那不是他的本意,他从来没有想过要离开我们。但事情发生了,我们谁都不希望这样,但我们必须接受这个事实,继续生活下去。我已经知道了,他现在过得很好。

小船长说得很对,寻找飞翔岛的航行给我带来了答案,不仅是新的问题。

艾莎往我手里塞了一张纸条。

"我的地址,"她说,"如果你来看我,我会很高兴的。"

"我肯定会去的。"我说。

"我也有件礼物送给你!"双料巴尔塔扎喊道,"我差一点儿就忘了!其实我想我有必要告诉你,我从老船长那里知道了那个永远正确的关键词。我只要闭上眼睛大声连说三遍就可以了。尽管是我自己说的,但仍然很有效。我已经试验过了!"

他塞给我一张纸条。

"不要看!等你到家以后再看。能保证吗?"

我叹了口气。"保证,尽管这对我很难。"

"你是那个知道正确关键词的男孩!"艾莎说,"你是不是已经猜到是哪个关键词了?"

我点头。"是的,我已经知道了。"

"嘘!不要说出来!"双料巴尔塔扎喊道。

"我还得向你们转达老船长的几句话。"小船长说,"他讨厌告别,所以很快就消失了。他对我说,我们将为库诺找到他的骑士岛。他坚信,我也会为约纳安排正确的场地。'那只需要动动脑筋思考一下就行了'他说,'你只要稍微思考一下,就会知道如何去帮助约纳了。答案就在眼前。'他说得很对。"

"他总是对的!"巴尔塔扎开心地嘶声喊道。

小船长的眼睛里放出了光彩。

Die Reise zu den fliegenden Inseln

"'无止号'将由巴尔塔扎接管。我将有新的开始。多美好的前景啊,你们说是不是?"

"是的,"艾莎说,"多么美好的前景。"

我们都进到环形石头阵中。

"这是我们回家的最好出发点。"小船长说。

"晚饭在等待我们。"巴尔塔扎喃喃地说,然后向我眨了眨眼睛。

"和你们在一起真好!我们肯定还会见面的,'无止号'永远为客人开放!"

"谢谢你带上了我!"我对小船长说。

他笑着说:"愿意效劳。"

然后,他把最后一颗玻璃球抛进海水中。

我闭上了眼睛。

睁开眼睛时,我已经在自己的房间里了。脚下的老地图发出沙沙的响声。

我的奶油布丁杯还立在印度洋上。

装满水的玻璃碗里,还放着老安德列亚斯送给我的三颗魔球。

可其中的两颗我们不是已经扔进了大海吗?

我听到了钥匙转动的响声,是母亲打开了大门。我一下子跑到前厅,冲进了母亲的怀里。

"这真是个美妙的欢迎!"她说。

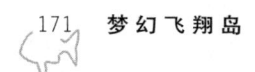

我使劲抱住她。

"我知道,现在已经过了六点,"她说,"我稍微迟到了一些,但现在我们可以吃晚饭了。"

我把购物袋提到厨房。

"我给你买了一块点心,你知道,就是你最喜欢吃的那种!"母亲说。

我已经知道了,我看到了她,在环形石头阵中……

我是不是应该把我的经历讲给她听?

以后再说吧,等吃完晚饭。

我把购物袋放下,立即把手伸进衣服口袋。

我在"无止号"上塞进口袋里的纸条应该还在吧!

我的手指碰到了什么。

艾莎的地址!巴尔塔扎的信息!

这就是那个正确的关键词,一个反复让一切都从头开始的词。

我早已想到了。在那张白色的纸条上,用大字写着:

无 止 号

后　记

我很高兴,老安德列亚斯把这个飞翔岛的故事送给了我。如果那个知道正确关键词的男孩有一天想要回那个记事本的话——它还在我这里妥善保管着。

我要感谢希尔德加德,她仔细读了书稿并提出意见和建议,感谢乌茜对书稿的整理。

谢谢船只专家弗里多林,一直向我提供专业咨询,在他的家中,有一艘"无止号"在一只海蓝色的箱子中。

谢谢克尔内利娅——从第一行字开始——始终陪伴我进行这次探险。我希望以后还能与她共同旅行。

作家斯威夫特(Jonathan Swift)、麦尔维尔(Herman Melville)、斯蒂文生(Robert Louis Stevenson)、加尔维诺(Italo Calvino)、森达克(Maurice Sendak)和莫泽(Erwin Moser),我同样要感谢他们的作品。

他们的每一本书对我都是一次旅行。

海因茨·雅尼施
Heinz Janisch

　　海因茨·雅尼施1960年生于奥地利布根兰，于维也纳攻读德国文学及新闻学，1982年成为奥地利广播公司特约人员，制作并主持节目，同时也创作儿童及成人书籍，荣获多项文学奖，包括奥地利儿童及青少年文学促进奖、维也纳青少年图书奖及博洛尼亚文学类最佳童书奖。

　　对雅尼施来说，儿童文学的创作像是一份礼物，让他成为创造奇迹的人，所以他的作品常常追求一种神秘、奇妙的童话世界。他希望能写出，让八岁到八十岁的读者都能满意的书。

飘浮的梦想

陈晓梅/图书编辑

"噗"的一声,魔球落入水中。"无止号"上的人们感受着时间和空间的变幻。对于这一刻,他们似乎已经等待了很久很久……

"无止号"是一艘很奇妙的船。不光因为这艘船的船长是一位满头白发的少年,他仅仅凭借意志就可以操控这条船的航行方向。当然,也不是因为船上那位独特的老人巴尔塔扎,这个随时需要"关键词"才能变成双料的水手。这艘船之所以叫"无止号",或许是因为这次航行中的每一位乘客都带着自己的梦想,而这种梦想或许是永无止境的航行。

约纳是最后一位登上"无止号"的乘客,也是神秘老人安德列亚斯早就安排好的

——那位知道"关键词"的男孩。约纳的父亲在三个月之前去世了。这对一个孩子来说,是个很大的打击。老安德列亚斯把三颗魔球交到他手中,并告诉他可以利用魔球到达他想去的飞翔岛上。据说有些飞翔岛上生活着已经过世的人们,说不定可以再见到他的父亲。于是,约纳在好奇心的驱使下,踏上了寻找飞翔岛的旅途。

除了小船长和巴尔塔扎,约纳在"无止号"上还结识了库诺·封·桦树斯坦——一个用上好桦木制成的木头骑士。他来到"无止号"的目的是为了寻找他们家族的其他人,因为他再也不想作为唯一的桦树骑士孤零零地生活了。除此之外,小猫女艾莎总是很沉默,一副心事重重的样子。

"无止号"上的人们,好像都是为了自己的一些目的在大海中漂泊着。他们都梦想和追寻着那个心中的飞翔岛。在航行中,他们见到了大海中央突然冒出的小岛,后来据小船长说那是一封石头信。随后,他们一行人又来到了音响岛、未名岛、雕像岛、第二眼之岛等许许多多奇怪的岛屿上。他们见识了能发出各种奇怪声音的五彩斑斓的贝壳;英勇无惧的桦树斯坦骑士与一尊活雕像进行了一次惊心动魄的比试,使得自己差点儿也变成了雕像;还有那座令人称奇的第二眼之岛,你会发现岛上的东西是会发生变化的,尤其是在你第二次去看它的时候。

　　"无止号"按照小船长的意志继续着它的航行。终于，他们看到了一座小小的飞翔岛。从这座叫作"自行岛"的小岛上下来的人，使得船上的所有人都兴奋不已，因为那个人就是在很久以前失踪的小船长的父亲老船长。据老船长说，这里有许多飞翔岛，说不定就有他们要找的那座。于是，大家满怀希望，跟随老船长继续他们的寻梦之旅。

　　在魔球的引领下，艾莎、桦树斯坦骑士都达成了自己的心愿。而约纳也通过环形石头阵的帮助，完成了与已故父亲的交流。或许在那一刻，约纳终于对死亡有所释然。

　　当约纳再次踏入家门的时候，时钟仅仅走过了1个小时。但是小船长、巴尔塔扎、桦树斯坦等又是如此真实。这种时间与空间的转换，正好应验了德国诗人诺瓦利斯的那句话："宇宙不就在我们心中吗？"其实，只要有梦想，就一定会有希望。飘浮的梦想，飘浮的飞翔岛。